KB199352

행복바이러스
안철수

꿈을 주는 현대인물선 3

1판 1쇄 발행 2009년 9월 5일
1판 11쇄 발행 2016년 1월 4일

글쓴이 안철수 | 그린이 원성현
표지 일러스트 도대체
펴낸이 안성호
편집 이소정 | 디자인 강미혜
펴낸곳 리젬 | 출판등록 2005년 8월 9일 제 313-2005-00176호
주소 04018 서울시 마포구 동교로9길 9 102호
대표전화 02-719-6868  편집부 070-4616-6199  팩스 02-719-6262
홈페이지 www.ligem.net
전자우편 iezzb@hanmail.net

* 잘못 만들어진 책은 바꾸어 드립니다.
* 이 책의 무단 복제와 전재를 금합니다.
* 책값은 뒤표지에 표시되어 있습니다.

이 도서의 국립중앙도서관 출판예정도서목록(CIP)은 서지정보유통지원시스템 홈페이지(http://seoji.
nl.go.kr)와 국가자료공동목록시스템(http://www.nl.go.kr/kolisnet)에서 이용하실 수 있습니다.
(CIP제어번호: CIP2009002579)

ISBN  978-89-92826-25-9

안철수 글 ㅣ 원성현 그림

리젬

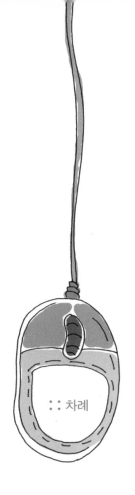

:: 차례

머리말_6

★꿈_11 ★기르는 재미_21 ★책과 공부_27 ★고등학교 시절, 그
리고 의사라는 직업_35 ★대학 생활_43 ★휴학 고민_53 ★봉사
활동_61 ★뜻밖의 만남_69 ★할아버지와 나_79 ★하숙 생활과
컴퓨터_87 ★백신 프로그램의 탄생_101 ★교수 시절_109 ★군
대 시절_115 ★안철수연구소의 설립_119 ★나누는 삶_125

연보_134

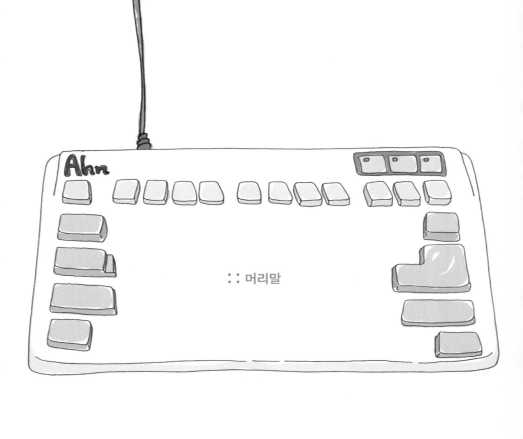

:: 머리말

★나는 스스로 생각해도 조금은 별난 인생을 살아왔다. 의과대학을 나온 의사로서 박사 학위까지 받았으면서, 프로그래머로서 컴퓨터 바이러스를 퇴치하는 백신 프로그램인 V3를 만들어 왔고, 컴퓨터 및 경영과 관련된 많은 글과 책들을 써왔다. 그리고 안철수연구소를 창업하여 한국의 대표적인 벤처기업으로 키웠으며, 이제는 카이스트에서 기업가정신을 가르치는 교수를 하고 있으니 말이다.

★이러한 다섯 가지 분야가 서로 아주 조금씩은 관련이 있지만, 사실 한 사람이 하기에는 벅찬 일임은 틀림없다. 인생에서의 성공을 효율로만 평가한다면, 내 인생은 실패한 인생일 것이다. 그러나 인생은 효율성만으로 따질 수 있는 것은 아니라고 생각한다. 대신에 다채로운 삶을 살고 많은 경험을 할 수 있는 소중한 기회를 가질 수 있었으니 말이다.

★나는 다른 사람들이 생각하는 것처럼 천재는 결코 아니라고 생각한다. 어린 시절에는 무엇 하나 뚜렷하게 잘한다는 말을 들어보지 못했다. 오히려 나는 공부나 운동 어느 것도 잘하지 못하고 너무나 내성적인 내 자신에 실망하면서 지냈다. 천재들의 이야기를 들을 때면 도저히 그들을 따라갈 수 없는 내 자신이 서글퍼지기도 했다.

★그러나 나는 묵묵히 나에게 주어진 일에 최선을 다하려고 노력해 왔다. 그것이 천재가 아닌 내가 할 수 있는 유일한 방법이라고 생각했기 때문이다. 그렇게 계속 열심히 살다보니 어느덧 여기까지 온 것이다.

★이 책은 1995년 안철수연구소를 설립하기 직전에 썼던 『별난 컴퓨터의사 안철수』에서 개인적인 이야기들만 추려본 것이다. 어린

시절부터 의사와 백신 프로그래머로서의 일을 병행하면서 열심히 살았던 당시의 생각과 기록들이 고스란히 담겨 있다. 기술의 발전에 따라 현재 달라진 부분들만 수정했을 뿐, 대부분은 그때 썼던 글을 그대로 이 책에 옮겼다. 14년이 지난 지금도 그때 가졌던 생각을 변함없이 간직하고 있기 때문이다.

★이 책이 청소년과 어린이들에게 세상을 바라보는 눈을 갖추는 데 조금이라도 도움이 되기를 바란다.

2009년 8월 안철수

2009. 10. 23.

안 철 수

# 꿈

우주 과학자도 좋고 공학자도 좋았다.
무슨 일을 하든지 인류를 행복하게 할
훌륭한 발명품을 만들어서
여러 사람들에게 존경받는 과학자가
되고 싶었다.

아주 어렸을 때부터 나는 과학자가 되고 싶었다. 누가 물어봐도 내 꿈은 과학자였다. 흔히 어른들이 '너는 뭐가 되고 싶니?' 하고 물을 때 뾰족하게 대답할 게 없어서 과학자라고 한 것이 절대로 아니었다.

한번은 이런 일이 있었다.

초등학교에 들어가기 전의 일이었다. 에디슨의 전기는 아직 읽어 보지도 못했고, 이야기를 들어본 적도 없었다. 언젠가 어머니께서 새들은 알을 품으면 새끼가 태어난다고 말씀하셨다.

"메추리알을 품고 있으면 정말 메추리가 태어나는 거예요?"

식사 시간에 반찬으로 메추리알을 먹었던 어느 날 나는 어머니에게 물었다.

"암, 태어나고 말고."

그 말을 들은 나는 내 힘으로 메추리를 만들겠다는 결심을 했다. 그리고 그날 밤, 당장 실천에 옮겼다.

물론 나는 메추리를 한 번도 본 적이 없었다. 그래서 메추

리를 보겠다는 마음에 얼마나 꿈에 부풀었는지 모른다. 나는 아무한테도 말하지 않고 부엌에서 메추리알을 몇 개 꺼내와 이불 속에 품고 있었다. 깨트리지 않으려고 무척 조심하다 어느새 곤히 잠이 들었다. 아침에 깨어 보니 메추리알은 전부 박살이 나 있었다. 내 가장 초기의 꿈은 그렇게 깨어지고 말았다. 그 이야기를 전해들은 친척들은 요즘도 나를 만나면 가끔 그 메추리 안부를 묻곤 한다.

우주 과학자도 좋고 공학자도 좋았다. 무슨 일을 하든지 인류를 행복하게 할 훌륭한 발명품을 만들어서 여러 사람들에게 존경받는 과학자가 되고 싶었다.

나는 어렸을 때 만화책을 많이 읽었다. 만화책에는 지금은 대부분 현실이 된 꿈같은 이야기들이 그려져 있었다.

그러던 어느 날 악당들에게 내가 납치될지도 모른다는 생각이 들었다. 세계를 지배하려는 야욕에 불타는 악당들이 나를 지하실에 감금시켜 놓고 끔찍한 무기를 만들어내라고 협박하는 데까지 생각이 미치면 나는 고민에 빠지지 않을 수 없었다.

유치원에 다닐 때 찍은 증명사진입니다.

"그러면 어떡해야 하지?"

이런 생각은 나를 사뭇 진지하게 만들었고 오랫동안 나를 괴롭혔다.

"목숨을 걸고서라도 안한다고 해야지!"

이런 생각을 하다보면 과학자를 해야 하나 말아야 하나 그 자체부터 흔들리기도 했다.

그러나 다시 한 번 만화의 내용을 떠올리면 착한 과학자들은 다 구조되기 마련이었다. 지구를 지키는 독수리 5형제들이 나타나서 나를 구해줄지도 모를 일이었으므로 목숨을 걸고 나의 신조를 지키리라 다짐하곤 했다. 만화를 너무 열심히 본 탓이었다. 과학자가 된다 해도 그렇게 뛰어난 과학자가 될 수 있으리란 보장이 어디에 있었을까? 참 꿈도 컸었다.

좀 더 자라서는 과학자가 되겠다던 꿈이 구체적으로 변했다. 기계를 만지는 공학도가 되고 싶어졌다. 나는 뭐든지 만드는 것을 무척 좋아했다. 보통 남자들에 비해 손이 작았고 여자

초등학교 시절 선생님으로부터 상을
받고 있는 모습입니다.

들처럼 손이 섬세해서 공정을 필요로 하는 일에 재주가 뛰어났다. 특히 칼을 가지고 무엇을 깎는 것을 좋아했다. 그래서 손은 칼에 베인 상처투성이로 늘 성할 날이 없었다.

1970년대 초반, 그때에도 공작놀이 모형이 판매되었다. 일종의 과학교재였는데 날마다 부모님을 졸라서 그 교재들을 사왔다. 꼼꼼한 성격과 뛰어난 재주를 한껏 발휘하여 비행기나 탱크 같은 플라스틱 모델들을 척척 만들어냈다. 그런데 만들고 난 후, 물건을 구석에 던져놓고 돌아보지도 않는다는 것을

아버지께서 알아차리셨다. 아버지는 내 버릇을 고쳐 놓으시려고 과학교재를 더 사주지 않겠다고 말씀하셨다.

"무엇이든 만드는 것도 중요하지만 한번 만든 것을 오랫동안 지킬 줄 아는 것도 중요한 거야! 그런 버릇을 고치기 전에는 다시는 사주지 않을 테니 그리 알거라."

☆

중학생이었을 때였다.

나는 『학생과학』과 『라디오와 모형』 같은 잡지의 애독자였다. 그런데 『학생과학』 잡지에는 〈나의 공작실〉이란 코너가 있어서 다달이 독자들의 설계도 작품을 투고 받았다. 만들기라면 자신이 있어서 〈나의 공작실〉에 응모를 했다. 내 작품이 그 달의 최우수작품상으로 뽑혀 라디오 선물까지 받았다. 내 설계도가 실린 책은 지금도 기념으로 보관하고 있다.

나에게는 또 한 가지 다른 재주가 있었다. 그것은 뭐든지 괜찮고 쓸 만한 게 눈에 띄면 그것을 분해해 놓고 마는 것이었다. 서랍을 뒤져서라도 분해할 만한 것들을 잘 찾아냈다. 그

소문이 쫙 퍼지자 친척집에서는 자주 비상이 걸리곤 했다. 내가 온다는 이야기를 들으면 쓸 만한 물건들을 모조리 내 키가 닿지 않는 곳에 치워놔야 했기 때문이었다. 그때는 내가 나타나는 것을 친척들이 썩 반기질 않으셨다.

그래도 나는 호시탐탐 기회를 노렸다. 한 번은 어느 집에 갔다가 어른들이 이야기꽃을 피우기에 벽에 걸린 괘종시계를 살며시 가져와 한쪽 구석에서 다 뜯어놓고 말았다.

"철수야! 기어이 일을 냈구나!"

다시 원래대로 맞출 수만 있었다면 혼나지 않을 수 있었는데, 그 방법까지는 몰랐다. 시계 바늘은 전혀 움직이지 않았다. 어른들에게 한바탕 혼나고 나면 나는 알 수 없는 열등감에 사로잡히곤 했다.

"난 왜 잘하는 게 하나도 없지?"

하지만 그 후에도 나는 물러서지 않고 부모님을 졸랐다. 좋은 구실이 있으면 모형 공작놀이를 사주실 것 같아서 공부도 열심히 하고 100점짜리 시험지도 갖다 드리려고 노력했다.

공작놀이에 대한 열정은 나날이 식을 줄을 몰랐다. 의과대학에 진학하고 나서도 없는 시간을 쪼개 나는 무언가를 만들었다. 본과[1] 2학년 때까지도 새로 나온 오토바이나 비행기 모형을 만들고 있었다.

1) 본과:부속 과정이 있는 학교 교육 과정에서 기본이 되는 과정입니다.

# 기르는 재미

깨알 같은 씨앗에서
싹이 트고 줄기와 잎이 자라는
것은 여간 신기한 것이 아니었다.
나는 또 열심히 깨를 돌보아 주었다.

어릴 때에는 내성적인 성격 탓에 발표력이 부족했다. 다른 사람들 앞에 서서 말을 잘 못하는 것은 물론 심한 경우에는 사람 만나는 것도 별로 좋아하지 않았다. 그래서 어렸을 때에는 길을 걸을 때도 땅만 보고 갔다. 버릇을 고치려고 애를 썼고 시간이 흐르면서 자연히 없어지기도 했지만 아직도 그런 흔적은 조금씩 남아 있다.

이런 내성적인 성격으로 인해 어려서부터 책 읽기와 만들기를 좋아했는데, 그것 말고 또 다른 즐거움이 하나 더 있었다. 바로 동물과 식물을 기르는 것이었다. 내가 즐겨한 모든 것들의 공통점은 혼자서도 잘할 수 있는 것이었다.

내가 어렸을 때 살던 부산 범천동 집은 집 밖에 화장실이 있었고, 마당은 꽤 넓었다. 그래서 나는 자주 병아리나 토끼를 사다가 기르곤 했다. 동물이라면 뭐든지 좋아한 내가 학교 주변에서 병아리 파는 아저씨를 만나는 것은 무척 큰 행운이었다. 어른들은 병아리 파는 아저씨들이 장사꾼들이라고 말했다. 그래서 그 병아리들은 골골거리다 죽는다고 말했다. 하지만 나는 보기 좋게 그 병아리들을 번번이 큰 닭으로 길러내는

데 성공했다.

그러던 어느 날, 밖에서 놀다가 들어와 저녁 밥상에 살진 닭 한 마리가 반찬으로 있는 것을 보았다.

"엄마, 이게 무슨 닭이죠?"

"……."

장독대가 있는 마당에서 식물을 보고 있습니다. 어렸을 때부터 유난히 동물과 식물을 좋아했습니다.

순간, 머리를 스치는 게 있었다. 바로 내가 키우던 닭이었다.

나는 그만 펑펑 울고 말았다. 어린 시절에는 어른들이 하는 일이 이해되지 않을 때가 종종 있었다.

그렇게 한바탕 소동을 부린 후, 나는 어머니를 졸라 시장에

가서 토끼를 사왔다. 토끼 먹이를 구하러 어머니를 따라 시장에 간 적도 있었다. 어머니께서 얻어다 주신 푸성귀들을 토끼들은 잘 먹어 주었다. 그런 모습을 보면서 나는 토끼장 청소도 열심히 하고 토끼들과 말없이 대화를 나누었다.

'내가 잘 보살필게. 이 세상에서 제일 행복한 토끼가 되도록 말이야.'

내 생각에 토끼들은 다 늙거나 병들어서 죽은 것 같다. 적어도 반찬으로 오르진 않았으니까 말이다.

그러던 어느 날, 하루는 마당 한편에 깨 싹이 나와 있었다. 어머니께서 깨를 말리시다가 그 자리에 떨어진 몇 알이 싹을 틔운 것이었다. 말 그대로 깨알 같은 씨앗에서 싹이 트고 줄기와 잎이 자라는 것은 여간 신기한 것이 아니었다. 나는 또 열심히 깨를 돌보아 주었다. 식물과 나의 인연은 그렇게 시작되었다. 집 마당에는 큰 무화과나무도 있었다. 무화과 열매가 익어갈 때쯤이면 아버지를 졸라 열매를 따서 맛있게 먹기도 했다.

하지만 얼마 후, 그 동네의 다른 집으로 이사를 갔다. 마당

중학교 졸업식 때 아버지, 동
생들과 함께 찍은 사진입니다.

은 없고 옥상만 있던 집이었다.

나는 새로 이사한 집 옥상에 정원을 직접 만들었다. 고등학
교 1학년 때, 꽃집에서 봉지에 꽃씨를 넣어 파는 것을 알게 되
었다. 나는 용돈을 털어 종류대로 꽃씨를 사왔다. 그것들을 키
대로 분류해서 차례로 심어 놓고 정성스레 물을 주며 싹이 트
기를 기다렸다. 맨 앞줄에는 채송화, 그 다음에는 봉숭아, 안

개꽃, 조롱박들을 심고 제일 뒤에는 해바라기를 심었다. 안개꽃은 씨가 자잘했지만 한번 싹이 트면 아주 빨리 자라났다. 그러나 줄기가 약해서 막대로 받쳐주지 않으면 비가 내리기만 해도 잘 넘어졌다. 조롱박이 열렸을 때는 그것을 따서 반을 쪼갠 후, 말려서 작은 바가지를 만들기도 했다.

그러나 해바라기는 화단 뒤쪽을 보고 꽃을 피워서 우리는 해바라기의 뒤통수만 바라볼 수밖에 없었다. 그쪽이 해가 뜨는 쪽이었기 때문이다.

# 책과 공부

등하굣길을 걸으면서도
책을 읽었다.
그러나 신기하게도
전봇대에 부딪힌 일은
한 번도 없었다.

**혼**자 있기 좋아하는 사람들은 소설책을 많이 읽는 편이다. 다른 사람과 대화를 나누지 못하는 데서 오는 공백을 소설의 주인공과 함께 메울 수 있기 때문이다. 나는 특히 소설책을 통해 인간의 다양한 성격들을 경험할 수 있었다. 아주 소중한 간접 경험들이었다. 그러던 중, 나는 책 읽는 데에 도가 트게 되었다. 그렇다고 해서 속독이나 띄엄띄엄 읽는 것이 아니다. 나는 책을 매우 심하게 정독하는 편이다.

그러다 보니 나는 항상 글 쓰는 사람들을 존경했다. 그 사람들이 글을 잘못 썼으리라는 생각은 전혀 할 수 없었다. 그래서 비판적인 글 읽기가 아닌 무조건 수용적인 자세로 책을 읽었던 것 같다. 책을 한 번 들었다 하면 까만 건 뭐든지 주시해서 봤다. 표지부터 찬찬히 살피고 나서 목차는 다 외울 정도로 정독한 다음, 본문은 한 쪽 넘길 때마다 쪽 수도 모두 읽은 후에 다음 글을 읽을 정도였다. 그리고 본문을 읽으면 출판사 이름과 주소, 발행인, 날짜, 정가까지 모두 확인해서 읽었다.

글을 깨친 것은 초등학교 1학년 때였다. 그 이후로는 글자라고 생긴 것은 닥치는 대로 읽기 시작했다. 내가 책을 좋아하

는 것을 아신 부모님은 방학 때마다 전집류를 사주셨다. 그러면 나는 방에 틀어박혀 방학 내내 그 책들만 읽고 지냈다. 그것도 밤을 새워가며 읽었다. 정말 책이라면 뭐든지 좋았다.

게다가 학교에 다니기 시작한 후부터 점점 아이들과 어울리는 것을 싫어하게 됐다. 아이들끼리 놀 때엔 운동 감각이 있어야 어울릴 수 있는 법인데 나는 운동을 너무 못하고 싫어했다.

그러나 걷는 것 만큼은 굉장히 좋아했다. 초등학교까지는 30분쯤 걸어야 하는 먼 거리였다. 학교 버스가 있었지만 걸어다닌 적이 많았다. 이상한 것은 아무리 오래 걸어도 지치지 않았다. 등하굣길을 걸으면서도 책을 읽었다. 그러나 신기하게도 전봇대에 부딪힌 일은 한 번도 없었다.

학교 도서관이 조그맣기는 했지만, 초등학교 6학년이 될 때쯤에 학교 도서관에 있는 책은 거의 다 읽었던 것 같다. 매일 책을 빌리다보니, 장난으로 대출카드에 이름을 적는 걸로 도서관 사서분이 오해할 정도였으니 말이다.

☆

　중·고등학교 때가 되어서는 웬만한 한국 소설은 다 읽어 버렸다. 한국 소설 중에서는 단편보다 장편을 더 좋아했다. 지금 생각에 번역 소설은 별로 좋아하지 않았던 것 같다. 그러나 도스토예프스키[2], 톨스토이[3] 등의 고전들은 두루 섭렵한 편이다. 누군가에게 듣기를 번역 소설은 번역 자체에 문제가 있으면 소설가가 쓰고자 했던 의도를 바로 파악할 수 없을 뿐 아니라 그 향기도 느낄 수 없게 된다고 했다. 그 말을 들어서인지 괜한 편견을 가지기도 했다.

　그때에 한창 인기 있던 삼중당 문고는 가격이 싸면서 질과 양에서 만족스러웠기 때문에 한 권씩 사다 모으며 400여 권을 거의 다 읽었다. 너덜너덜해질 때까지 열심히 읽고 또 읽었던 그 소설들은 내 책꽂이에 첨단 컴퓨터 책들과 함께 지금도 나란히 꽂혀 있다.

---

2)도스토예프스키:러시아의 소설가로서 『죄와 벌』, 『카라마조프의 형제들』 등의 많은 대표작품들이 있습니다. 20세기 소설 문학 전반에 큰 영향을 주었습니다.
3)톨스토이:러시아의 소설가이자 시인, 개혁가, 사상가입니다. 러시아 문학뿐만 아니라 정치에도 큰 영향을 끼쳤습니다. 톨스토이의 주요작품으로는 『전쟁과 평화』, 『안나 카레니나』 등이 있습니다.

학교 운동장에서 친구들과 배구를 하는 모습입니다. 하지만 어려서부터 잘하는 운동은 아무것도 없었고, 책 읽기만을 좋아했습니다.

　　문고판 책은 들고 다니며 보기 좋게 작은 크기로 만들어져 내 손을 떠날 새가 없었다. 심지어는 수업 시간에까지 몰래 펼쳐 놓고 읽기도 했다. 등굣길에 학교 앞 서점에 들러 구입한 책은 온종일 걸리더라도 그 책을 다 읽었다. 재미없는 수업 시간에 교과서 밑에 소설책을 놓고 읽는 재미로 시간가는 줄 몰랐다. 들키지 않게 주의하느라 긴장감도 있었다. 나는 정말 못 말리게 책을 좋아했다. 체육 시간에도 운동은 하지 않고 혼자서 나무 그늘에 앉아 책을 읽었다.

덕분에 고등학교 다닐 때에 국어는 잘한 편이었다. 또 그래서인지 본고사 국어 성적이 좋았다. 교과서에 나오지 않은 지문이 많았는데 거의 다 내가 다른 책에서 읽어본 것들이었다.

학생 시절이 지난 후, 막상 교단에 서서 직접 학생들을 가르쳐 보니까 내가 그때 얼마나 어리석은 짓을 했는지 알 수 있었다. 교단에 서 있으면 누가 무엇을 하는지 다 보였다. 내가 수업 시간에 다른 책을 읽는 것을 한 번도 들키지 않았던 것은 운이 좋아서가 아니라 선생님들이 봐 주셨기 때문이라는 것을 그때서야 깨달았다.

# 고등학교 시절,
# 그리고 의사라는 직업

나는 언제나 부모님의
자랑스러운 아들이 되고 싶었다.
그러나 부모님께 걱정 끼쳐 드리는
일은 생각할 수조차 없었다.

아버지는 장남인 내가 의사가 되기를 바라셨다. 겉으로 드러내고 표현하지는 않으셨지만 마음속으로 바라고 계신 것을 눈치 챌 수 있었다. 아버지의 희망은 내게 큰 짐이 되었다. 될 수 있는 대로 아버지께서 원하는 길을 가고 싶었으나 아무리 생각해도 나는 의사가 될 적성을 타고나지 않은 듯했다. 나는 전자공학과나 수학과에 가야 한다고 생각하고 있었다.

공부도 그리 썩 잘하는 편이 아니었다. 초등학교 때 성적은 반에서 중간 정도였기 때문에 아버지께서 항상 걱정하셨다. 다른 친구분 집 아이들과 비교하면 턱없이 떨어지는 내 성적 때문에 걱정하시는 말씀을 많이 들어야 했다. 중학교에 올라가서도 성적이 크게 좋아지지 않자, 아버지께서도 굳이 의사가 되라고 말씀하시지 않으셨다. 내가 바라는 대로, 가고 싶은 길을 가라고 말씀하셨다. 갈수록 나의 적성이 공대 쪽으로 기울어지는 것을 아셨기 때문에 더욱 그렇게 말씀하셨다.

그러나 고등학교 1학년에서 2학년으로 진급할 즈음에 의과대학에 가기로 결심했다. 피를 끔찍하게 싫어하던 내가 아버지가 좋아하실 거라는 이유 하나만으로 의과대학에 갈 것을 결정했던 것이다. 지금 생각하면 그런 용기가 어디서 났는지 알 수 없을 정도다.

나는 부모님께 늘 감사드리는 마음으로 살았다. 그것은 지금도 마찬가지다. 어릴 때부터 책을 많이 읽어서인지 자의식이 강한 편이었다. 의과대학을 가겠다는 결정을 내릴 때에도 영향을 끼쳤을 것이다. 더듬어 기억을 떠올려 보면 그때 나는 이렇게 생각했던 것 같다.

'부모님은 나를 낳아주시고 아무런 조건 없이 사랑하고 길러주셨다. 그런데 내가 꼭 부모님의 마음을 따르지 않고 공대를 가야 하는 걸까? 공대를 가서는 어떻게 하겠다는 말이냐? 공대에 가는 것을 좋아한다고 뚜렷하게 내세울 것도 없지 않느냐? 그렇다면 부모님을 기쁘게 해드리는 것이 아들 된 도리가 아니겠는가.'

그런 생각이 들자 바로 아버지께 가서 의과대학에 가겠다고 말씀드렸다. 말이 없던 아버지는 빙그레 미소만 지으셨다.

☆

　나의 미래를 아버지 뜻에 따라 결정한 뒤에 후회할 일이 없었던 것은 아니다. 그러나 어떤 길을 갔다 하더라도 그만한 고민은 있었을 것이라고 생각한다. 내게 얼마나 많은 것을 무조건적으로 베풀어 주셨던 분들인가를 생각하니 저절로 그런 결정이 내려졌던 것이다. 부모님들이 기뻐하셨던 것은 말할 것도 없다. 이미 포기했기 때문에 생각지도 못한 일이라서 더 반가우셨을 것이다.

　나는 언제나 부모님의 자랑스러운 아들이 되고 싶었다. 그러니 부모님께 걱정 끼쳐 드리는 일은 생각할 수조차 없었다.


☆


　여기서 어머니와 얽힌 이야기 하나를 들려주고 싶다.

　고등학교 2학년 때로 기억되는데 어느 날 학교에 몹시 늦어 택시를 타야 했다. 어머니께서는 큰길까지 따라나오셔서 택시를 잡아주셨다.

　"잘 다녀오세요."

택시가 출발하기 전에 어머니께서 내게 말씀하셨다.

차가 출발하자 택시 기사가 내게 물었다.

"형수님이신가요?"

"어머니이신데요."

내가 이렇게 대답하자 그 사람은 깜짝 놀랐다. 그러면서 이렇게 말했다.

"학생은 훌륭한 어머니를 두었으니 나중에라도 그 은혜를 잊지 않고 잘 해드려야 합니다."

택시 기사가 말한 것이 처음에는 무슨 뜻인지 잘 몰랐다. 어머니께서 우리들에게 존댓말을 쓰고 계시다는 것을 전혀 깨닫지 못하고 있었다. 늘 듣던 말이라서 그날도 어머니의 다녀오세요, 하는 말에 나는 그냥 예, 하며 대답하고 탔다. 그런데 그것을 유심히 듣고 있던 택시 기사가 그 점을 나에게 일깨워 준 것이었다. 그러고 보니 어머니께서는 밥상을 차려놓고는 우리들에게 식사하세요, 하셨고 뭘 시킬 때에도 하세요, 라고 말씀하시던 것을 알 수 있었다.

이런 이유로 나는 더 부모님께 자랑스러운 아들이 되고 싶었다. 그래서 학비가 싼 국립 대학교에 진학해서 부모님께 학비 부담을 덜어드리게 되어 잘 됐다고 생각했다. 그러나 알게 모르게 부모님은 여러 가지로 걱정을 많이 하셨을 것이다.

# 대학 생활

어떤 일에 한번 집중하기 시작하면
다른 것은 다 잊어버린다.
바로 옆에서 천둥이 쳐도
안 들린다는 말이 있듯이 그렇게
무아지경에 빠지고 마는 것이다.

대학 입학시험에 합격한 뒤 입학식을 앞두고 어머니께서 꾸리신 짐을 들고 서울로 함께 올라왔다. 미리 정해져 있던 하숙방에 짐을 챙겨주신 다음 어머니는 부산으로 내려가셨다. 텅 빈 방에 홀로 남은 나는 그제야 서울 생활이란 것이 실감나기 시작했다.

'이제부터는 뭐든지 혼자서 해야 하는구나.'

집에서 멀리 떠난 것은 처음이었으므로 어디서부터 어떻게 시작해야 할지 막막했다.

서울은 내게 너무나 낯선 곳이었다. 아는 사람이라고는 한 사람도 없었다. 그러나 말씨도 다르고 문화도 다른 서울에서 나름대로 적응하기 시작했다.

일요일이면 신림동 하숙집에서 버스를 타고 나와 광화문에 내렸다. 그리고는 거기서 동대문까지 걸어가면서 골목길마다 다 들어가 보곤 했다. 시간이 날 때마다 서울의 지리를 익히기 위해 혼자서 고궁이나 박물관, 영화관들을 돌아다니기도 했다. 길눈은 밝은 편이어서 서울에서 새로운 장소를 찾아가는 데 길을 잃어 헤매거나 돌아서 간 적은 별로 없다.

1980년 서울대학교 의과대학 입학 기념사진입니다. 부모님을 기쁘게 해드리기 위해 아버지의 뜻에 따라 의과대학에 진학했습니다.

내가 다닌 고등학교는 부산 앞바다가 내다보이는 높은 곳에 있었다. 교실에서 눈만 돌려도 바다가 보였다. 사실 나는 거기 있는 것이 바다인지 인식하지도 못한 채 학교를 다녔다. 서울에 와서야 답답함을 느낄 때마다 그 바다가 참으로 그리워졌다.

☆

사람들은 흔히 서울대학교 의과대학에 진학했다고 하면 머리가 굉장히 좋다고 생각하는데 꼭 그렇지도 않았다. 서울대학교 의과대학 안에서도 능력이 천차만별이고 여러 층으로 나뉜다. 고등학교 때에 한 공부 양으로는 그 능력을 판가름할 수 없을 정도로 의과대학 공부의 양이 많다. 무조건 많은 시간을 투자해서 외워야 하므로 머리가 뛰어나야 하지만 성실도로 성적이 크게 좌우된다. 벼락공부가 통하지 않는 것이다. 의과대학 교수님들 중에서는 의과대학은 머리가 좋은 사람보다는 성실한 사람을 요구한다는 말씀을 하신 분도 있었다.

실제로 의과대학 동기동창들을 보면 그 많은 공부 양에 잘 적응하지 못하고 본인 스스로 머리가 나쁘다고 한탄하는 사람도 있었다. 암기력과 성실성이 뛰어나다 하더라도 막상 시험지를 받으면 요구하는 답을 정확하게 적어내지 못하는 사람들도 많았다. 무엇이 가장 중요한가를 집중적으로 잘 선택해서 외워야 하는데 그 판단력이 떨어지면 공부를 아무리 많이 해도 성적이 좋을 수 없었다. 게다가 영어로 된 교과서를 읽다가 뜻을 반대로 해석하고 이해하는 경우도 있다. 선생님들이 하나하나 정확하게 꼬집어 가르쳐 주시지 않기 때문이다. 그래서 상대적인 열등감을 앓는 사람들이 많이 생겨났다. 그리고 그 기분은 평생을 따라다니게 된다. 의과대학 성적이 평생을 따라다니기 때문이다. 대학 교수가 되고 난 후에 대학 때의 자기 성적표를 보고 기분 나빠하는 사람을 본 적도 있다.

☆

의과대학 입학 성적은 그리 좋은 편이 아니었을 것이다. 그러나 고등학교 때와 마찬가지로 성적이 점점 올라갔다. 졸업할 때는 내가 원하는 과를 마음대로 골라서 지망할 수 있을 정도가 되었다.

내 경험에 비추어 보면 외우는 능력은 쓰면 쓸수록 발달하는 것 같았다. 본과 2학년쯤에는 외울 항목들을 논리적으로 분류하여 재구성한 다음에 외웠다. 그렇게 만들어 놓으면 한 번만 읽어도 오랫동안 외울 수가 있었다. 그런 방법이 잘 통했는지 외울 양이 많은 과목일수록 성적이 잘 나왔다.

의과대학은 공부할 게 많았습니다. 많은 시간, 꾸준히 공부하지 않으면 따라갈 수 없었습니다.

나의 성적이 점점 올라간 데에는 집중력도 크게 한몫을 했다. 어떤 일에 한번 집중하기 시작하면 다른 것은 다 잊어버린다. 바로 옆에서 천둥이 쳐도 안 들린다는 말이 있듯이 그렇게 무아지경에 빠지고 마는 것이다. 나한테 그런 강한 집중력이 있다는 것을 안 것은 대학교 와서 그 많은 공부를 감당해내면서부터이다. 그전까지는 그렇게 집중력을 발휘할 일이 없었다.

　집중력이 강했기 때문에 같은 시간을 공부해도 훨씬 효율성이 높았다. 처음에는 다른 사람들도 나와 같다고 생각했다. 내가 남보다 특별히 뛰어나다고 생각한 적이 전혀 없었기 때문이다.


☆


　의과대학에서는 본과 1학년부터 해부학[4]을 배우는데 이 과목에는 실습 시간도 있었다. 그 시간은 내게 몹시 색다른 체험이었다. 선배들에게 실습 시간에 대해 몇 가지 이야기를 들었지만 처음 해부학 실습실로 가는 날은 기분이 묘했다. 그러나 일단 맞닥뜨려 보기로 했다.

　막상 사람 시체를 대하고 보니 우리가 흔히 생각하는 것과

---

4)해부학:생물체 내부의 구조와 구성 체계를 연구하는 학문입니다. 연구 대상에 따라 인체 해부학, 동물 해부학, 식물 해부학으로 분류됩니다.

는 달랐다. 죽어서 생명은 없지만 적어도 사람 형상은 하고 있을 거라고 생각했다. 그러나 시체 해부실에서 처음 만난 시체는 사람이 죽은 모습을 찾아보기 힘들었고, 마치 진흙 인형처럼 보였다.

처음에는 몹시 긴장되었지만 한 달도 채 못 되어 적응할 수 있었다. 나중에는 시체 옆에서 밥을 먹기도 했다.

모든 일이 다 마찬가지겠지만 내가 꼭 해야 할 일이고 남이 그것을 대신해줄 수 없다면 금방 적응하게 되는 모양이다.

얼굴을 찌푸릴 일은 한두 가지가 아니었다. 기생충 실습 시간에 대변 검사하는 것도 처음에는 못할 노릇이었다. 비닐봉지에 든 대변을 만지기도 싫었고 냄새도 너무 이상했다. 그러나 그것도 해야 한다고 생각하면서 시간이 차츰 지나자 익숙해졌다.

본과 3학년에 올라가면 수술장에 들어가게 된다. 나는 어려서부터 특히 피를 무서워했다. 그런데 내장이 다 보이고 싫어하는 피를 엄청나게 볼 수밖에 없는 수술 과정을 보아야 했으니……. 그러나 그것도 금방 익숙해졌다.

그러나 가장 참지 못할 일은 살아 있는 동물을 희생시키는 일이었다. 생리학[5] 실습 때엔 주로 살아 있는 동물을 대상으로 실험을 한다. 실험동물을 이용하여 장기들의 기능을 관찰하는 것이다. 내 손으로 직접 희생시킨 것은 아니었지만 그것을 보는 것만으로도 나에게는 여간 괴로운 일이 아니었다.

의과대학을 졸업한 후에 대학원에 진학하면서 조교를 하게 되었다. 그 시기에는 내가 직접 토끼를 수술하고 희생시켜야 했다. 학생들이 실습한 후에 그 동물들을 처리하는 것이 내가 해야 하는 일 중에 하나였기 때문이다. 그러나 그 일만큼은 적응이 잘 안 되었다. 동물을 사랑한 나는 그 일을 차마 할 수가 없어서 늘 망설이곤 했다. 살아 있는 거라면 하다못해 파리나 모기를 죽일 때도 기분이 썩 좋지 않았는데 내 손으로 살아 있는 것을 희생시켜야 했다. 너무 끔찍한 일이었다. 그러나 학생들이나 동료들 앞에서 내색할 수도 없는 일이었다.

시간이 지날수록 피에 대한 감각은 많이 무뎌졌다. 손에

---

5)생리학:신체의 조직이나 기능 전반에 관하여 연구하는 학문입니다.

칠갑[6]을 해도 아무렇지 않았다. 나는 의사들이 가운을 왜 입어야 하나 궁금해 하곤 했는데 그때 가서야 그 이유를 알 수 있었다. 의사가 가운을 멋으로 입는 것이 절대 아니다. 환자를 대하면서 피가 튀는 경우가 많기 때문이다. 가운으로 가려도 안에 입고 있는 옷이 젖는 경우도 많다.

심장 전기생리학을 전공한 나는 실험동물로 토끼를 가장 많이 사용했다. 그러나 그것은 의학 발전을 위해서 어쩔 수 없다는 생각이 든다.

---

6)칠갑:물건의 겉면에 다른 물질을 칠하여 바르는 것입니다.

# 휴학 고민

내 일은 '아무도' 대신해 줄 수 없었다.
'아마도' 그때가 내 평생
가장 어려운 시기였던 것 같다.
마음의 갈피를 잡을 수가 없었다.

**본**과 1학년 과정이 끝난 겨울 방학 때에 나는 부산에 내려가서 하고 싶은 일들을 하며 실컷 놀았다. 정처 없이 기차를 타고 낙동강변의 역 아무 곳이나 내려서 낚시를 하고 바둑 책이나 영화를 보면서 휴식을 취하고 있었다.

생각해 보면 참 힘든 1년이었다. 모든 시간을 완벽하게 공부에만 바쳐야 했다. 다행히도 성적은 좋았다. 부산에서 길지 않은 겨울 방학을 보내고 서울에 올라가야 하던 참이었다. 그때 갑자기 그런 생활을 다시 견뎌야 한다는 것이 지긋지긋하다는 생각이 들었다. 그동안 잘 참고 있었는데 불쑥 그런 감정이 치솟아 오른 것이다. 도저히 서울로 갈 마음이 나지 않았다.

의대생들에게는 성적이 평생 지고 다닐 멍에가 된다. 레지던트[7] 시험에도 학부 때의 성적이 중요한 지표가 된다. 반에서 어느 정도 이상은 되어야 자기가 원하는 과를 갈 수 있다. 우

---

7)레지던트:전문 의사 자격을 얻기 위하여 인턴 과정을 마친 뒤에 밟는 수련의 한 과정입니다.

대학교 강의실에서 친구들과 함께 찍은 사진입니다.

리는 늘 대학 입시를 앞둔 수험생과도 같은 처지였다.

적어도 10등 안에는 들어야 자기가 원하는 과를 선택할 수 있다고 했다. 그 등수 안에 들기 위해서 비인간적인 생활을 계속 견뎌야 한다는 것이 싫었다. 그러나 한편으로는 성적이 걱정되어 겨울 방학이 끝나기 일주일 전에 서울로 올라왔다. 미리 가서 공부를 해야겠다고 생각했기 때문이었다.

하숙방에 들어선 순간 혼자가 된 기분이었다. 방에 오도카니 앉아 있는데 늪에 빠지는 듯한 두려움이 밀려 왔다. 내 주위에는 친구도 없어서 고민을 털어놓고 말할 사람이 없었다. 더구나 부모님과 멀리 떨어져 있어서 내가 어떤 생활을 하는지 부모님은 모른다고 생각하니 마음이 더 답답해져 왔다.

'성적이 잘 나온 걸 보고 내가 서울 생활에 잘 견디고 있는 줄로만 아시겠지…….'

그렇게 생각하니 부모와 자식 간에 공유할 수 있는 부분에는 한계가 있다는 것을 처음으로 실감할 수 있었다.

내 일은 아무도 대신해 줄 수 없었다. 아마도 그때가 내 평생 가장 어려운 시기였던 것 같다. 마음의 갈피를 잡을 수가

없었다. 방황이라는 것을 처음으로 실감했는데 한 번도 겪어
보지 못한 느낌이라 어떻게 처리해야 좋을지 난감했다. 더 이
상 학교에 다니기가 싫었다. 어쩔 줄 몰라 쩔쩔 매다가 어머니
께 장거리 전화를 드렸다.

"어머니, 공부가 너무 힘듭니다."

나는 울면서 말했다.

깜짝 놀라신 어머니께서는 곧바로 비행기를 타고 올라오셨
다. 나를 데리러 오신 것이었다.

그날로 어머니와 함께 기차를 타고 부산으로 내려갔다.

기차를 타고 가는 중에도 나는 계속 울었다. 어머니께서 걱
정하지 말라고 달래주셨지만 무슨 이야기를 해도 눈물부터 먼
저 나왔다.

아버지께서는 걱정스런 마음에 잘 아는 정신과 의사에게
내가 상담할 수 있는 자리를 마련하셨다. 나는 그 의사 선생님
께 내 이야기를 털어놓았다.

"의과대학 공부가 힘듭니다."

"쉬운 일이 아니지. 친구도 사귀어 보고, 동아리도 들어봐."

그 의사 선생님의 이야기는 내 고민과는 거리가 있는 조언이었다. 그렇게 할 수도 있었다. 그러나 그 길은 바로 성적과 연결되어 있었다. 그렇게 하면 당연히 성적이 떨어지고 원하는 과에 지망할 수 없게 될 텐데, 어떻게 그 길을 택할 수 있을까? 결국 모든 문제는 내가 해결해야만 했다.

부산에서 며칠을 보내고 마음을 달랜 나는 부모님의 걱정을 뒤로하며 서울로 올라왔다. 의과대학 생활을 계속하기 위해서 나에 대한 스스로의 구속과 기대를 어느 정도 풀 수밖에 없었다.

# 봉사 활동

배운 사람의 도리 같은 것을 생각하니
마음은 더 답답했다.
함께 살아가는 사회에서
각자가 해야 할 역할에 대한 고민은
이때부터 시작되었다.

서울에 올라와서 신자는 아니지만 의과대학 안에 있는 가톨릭 학생회에 들어갔다. 종교 동아리면서 주말마다 구로 공단 쪽에 진료소를 설치해서 환자들을 보는 의료봉사 동아리이기도 했다.

다른 동아리도 많았지만 그 동아리에 들게 된 직접적인 계기가 있었다. 본과 1학년 2학기 중간고사 때였다. 겨우 시험 한 과목을 치렀는데 음식을 잘못 먹고 식중독에 걸렸다. 혼자서 끙끙 앓으면서도 공부를 계속 할 수밖에 없었다. 그때 평소에도 지방 학생인 나에게 호의를 베풀어주던 같은 과 친구가 나를 구해주었다. 시험 때 내가 아픈 것을 본 그 친구는 나를 집에 데려가서 간호해 주었다. 뿐만 아니라 대학 병원 응급실에 찾아가서 의과대학 선배에게 부탁해 링거 주사와 약을 가져다주었다. 그 친구 덕분에 나는 겨우 몸을 추스를 수 있었다. 그렇게 아프면서도 계속 시험공부를 해야만 했던 것도 나중에 휴학을 생각한 계기가 된 것 같다.

나를 도와준 그 친구가 바로 가톨릭 학생회에 들어 있었다. 그 인연으로 그 동아리를 떠올리게 된 것이었다.

그렇게 2학년 1학기 때에는 공부만 한 것은 아니었다. 동아리 활동을 하고 마음 편하게 친구들과 술도 마셨다. 성적에 큰 신경을 쓰지 않고 부담 없이 공부한 결과 기대 밖으로 1학년 때보다 오히려 더 좋은 성적을 받을 수 있었다.

카톨릭 학생회는 의과대학과 간호대학이 연합하여 조직한 본격적인 진료 동아리였다. 나는 본과 4학년 때까지 계속 진료에 참가했다. 처음에는 약을 싸 주는 잔심부름을 하다가 3학년이 되면서 진료를 하게 되었다.

진료소는 구로동의 성당에 차려졌다. 처음에는 진료비와 약값을 전혀 받지 않았다. 그러나 진료비는 어쩔 수 없었지만 약값은 얼마라도 받아야 할 상황이 벌어졌다. 이른바 공짜에 대한 부작용이 생겨났기 때문이었다. 사람들은 공짜로 받아간 약을 무시하고 먹지 않았다. 병도 잘 낫지 않았다. 그러다 나중에는 아이들이 그 알약들을 가지고 공기놀이를 하고 있는 것을 보았다. 그래서 약값은 양에 관계없이 500원을 받기로

의과대학 공부에 한계를 느꼈던 때에 의료봉사 활동을 했습니다. 봉사 활동 이후 공부에 대한 부담감이 줄어들었습니다.

했다. 한 푼이라도 자신의 돈을 낸 환자들은 약을 꼭 먹게 되었고 병도 잘 낫게 되었다.

나는 봉사 활동을 하면서 책에서만 보던 사람들을 만날 수 있었다. 진료소에 올 수 없는 움직이지 못하는 환자들을 찾아서 집으로 왕진을 갔을 때 답답한 광경들을 많이 보았다.

어느 날 관절염이 심해서 움직이지 못하고 있는 한 할머니를 찾아갔을 때였다. 할머니가 거의 움직일 수 없기 때문에 중학교 1학년 손녀가 신문 배달을 해서 생계를 유지하고 있었다. 그때 나는 처음으로 사람과 돈의 관계에 대해 생각을 달리하게 되었다. 그전까지는 심각하게 생각해 본 적이 없던 문제였다.

흔히 돈과 사람의 가치를 비교할 때는 사람이 더 높은 가치에 있다고 말한다. 그러나 때로는 그게 통하지 않는 듯해 보였다. 사람이 중심이 되어 이루어지는 가족 관계는 최저 수준 이상의 돈이 있어야 가능하다는 생각이 들었다. 자기의 생계는 그 누구에게도 맡길 수 없이 오로지 자신만이 돌보아야 하는 경우에는 더욱 그랬다. 남자와 여자가 만나 서로 좋아하다

같이 살게 된 두 사람이 각자 자기 몫을 벌어야 하는 경우를 생각해 보자. 그런데 어느 날 그 중에 한 사람이 덜컥 병에라도 걸리면 큰일이다. 나머지 한 사람이 벌어서는 그 사람 몫까지 챙겨줄 수가 없기 때문에 가족 관계가 깨지고 만다. 하는 수 없이 헤어져야 하는 것이다. 더군다나 아픈 사람을 두고 말이다.

부모 자식 관계도 마찬가지였다. 돈이 없어 가정 사정이 곤란해지며 남편이 병을 앓아 몸져누워 있기까지 하면, 뒤도 돌아보지 않고 가출해 버리는 어머니도 있었다. 남편이 아프거나 아내가 아프면 정성껏 간호하는 것을 상식으로 알고 있었던 나에게는 충격이 아닐 수 없었다. 조금 전에 말했던 관절염이 심한 그 할머니도 마찬가지 경우였다. 몇 달 후, 결국 함께 살고 있던 손녀가 가출을 해버렸다. 그 할머니는 혼자 계셨을 때 돌아가셨고, 뒤늦게 병문안 갔던 성당 사람들이 돌아가신 할머니를 발견하고 시신을 수습해 드렸다.

그 시절 내 머리는 참으로 혼란스러웠다. 봉사하는 데에도 한계가 느껴졌다. 그렇다고 그 사람들을 위해서 당장 학교를 그만두고 봉사에 헌신하는 것도 해결책은 아니었다. 숱한 책을 읽으면서 가난한 사람, 어려운 사람을 돕는 이야기들도 많이 접했지만 막상 그런 광경을 지켜보면서 어떤 가닥도 잡히지 않았다. 배운 사람의 도리 같은 것을 생각하니 마음은 더 답답했다. 함께 살아가는 사회에서 각자가 해야 할 역할에 대한 고민은 이때부터 시작되었다.

# 뜻밖의 만남

우리는 다툴 때에도
끝까지 서로를 존대했다.
나는 아내뿐만 아니라
다른 사람에겐도
반말하는 것이 힘들었다.

의과대학 생활에 잘 적응하기 위해서 들어갔던 동아리에서 내 인생을 바꾸는 사건이 생겼다. 동아리에 들어가고 1년 후, 지금의 아내가 된 한 여학생을 만났던 것이다.

의과대학생들은 흔히 본과 2학년 때 동아리에 많이 들어간다. 본과 1학년에 올라갈 때는 전투를 치르는 심정이나 수도자[8]처럼 모든 속세와의 인연을 끊는 굳은 결심을 해야 한다. 긴장 속에서 1년 정도 시간을 보내면 대개는 그 생활에 적응하게 된다. 거기서 적응하지 못한다는 것은 자포자기나 낙오를 의미한다. 그런데 이상한 것은 성적이 나쁜 사람보다 좋은 사람이 더 깊은 고민에 빠진다는 것이다. 심할 경우 휴학을 하는 사람도 있다. 나도 그런 길을 선택할 뻔했으니까. 성적이 중상위권 정도의 학생들이 더 잘하고는 싶은데 생각처럼 되지 않아 괴로워하는 경우가 많다. 성적이 아주 나쁘면 아예 마음이 편할 수도 있을 것이다. 이 정도로 졸업만이라도 하자라고 생

---

8)수도자 : 도를 닦는 사람을 의미하며, 가톨릭에서 수사 또는 수녀를 이르는 말로도 사용됩니다.

각하면 되는 것이다.

그 여학생도 적응 기간이 끝나갈 무렵인 본과 2학년에 올라갈 때 동아리에 들어왔다. 가톨릭 신자였으므로 자연스럽게 그 동아리에 들어오게 된 모양이었다. 나는 그 여학생보다 한 학년이 높아서 3학년이 되었을 때였다.

아내에게 이미 고백한 이야기지만 이상하게도 처음부터 그 여학생에게 마음이 끌렸다. 그래서 깊은 관심을 가지고 지켜보기로 했다.

진료 동아리였으므로 활동 내용을 놓고 우리끼리 세미나를 자주 열었다. 예를 들어 고혈압 환자가 있다면 그 환자를 어떻게 진단하고 처치할 것인가에 대해 미리 공부해 두는 것이다. 그런 세미나가 있을 때마다 그 여학생은 무척 열심히 경청하고 있었다.

어느 여름 의료봉사를 가기 얼마 전의 일이었다. 도서관에서 공부를 하다가 잠시 쉬기 위해 자판기 커피를 한 잔 마시고 있었다. 그런데 저만치에 그 여학생이 보였다. 친구들과 따로 떨어져 혼자 앉아 있는 모습을 보고 다가가서 말을 걸었다. 가

만히 보면 그 여학생은 늘 혼자인 것 같았다. 그래서 유난히 내 눈길을 더 끌었는지도 모르겠다. 나는 원래 내성적인 성격이었지만 본과 2학년에 올라가면서 다른 사람들과 많이 어울려 다니려고 노력하던 중이었다. 그래서 아마도 그 여학생은 나의 본성을 눈치 채지 못하고 있는 것 같았다. 그 당시 나를 본 사람들은 내가 무척 활동적인 사람인 줄 알았을 것이다. 그러나 혼자 있기 좋아하는 나의 본성이 아주 사라질 수는 없었다. 우리 두 사람은 척 보기에도 무척 닮은꼴이었다.

같은 동아리 후배였으므로 부담 없이 다가가서 말을 걸었다.

"혼자서 커피를 마시는 것을 보니 친구도 없나 봐요?"

그 여학생은 살짝 미소 지었다.

"내가 잠깐 친구 해줄까요?"

서로 대화를 나누다 보니 살아온 과정이나 좋아하는 것들이 너무도 비슷했다. 공부하다 잠깐 쉬러 나왔는데 세 시간 동안 정신없이 이야기를 주고받게 되고 말았다. 도서관 앞 그 자리에 그대로 앉아서. 그러나 우리는 1초가 아쉬운 의과대학생들이었다. 하는 수 없이 다음 날을 기약하는 수밖에 없었다.

그 후에도 거의 매일 만나서 이야기를 나눴다. 무슨 이야기가 그리 많던지 만나면 이야기가 끊어질 줄을 몰랐다. 그 누구에게도 털어놓지 않았던 이야기들이 산더미처럼 쌓여 있었다. 그러다가 그 여학생과 친해지게 되었다. 그 당시에는 여학생이 아주 적었기 때문에, 내 눈에는 남자도 들어오기 힘든 서울대학교 의과대학에 여자가 들어와서 버티어내는 것이 장하게만 보였다.

☆

서로 알아 갈수록 그 여학생과 나는 무척 닮은꼴이라는 것을 발견하게 되었다. 의과대학에 다니면서 추리소설을 즐겨 읽는 것부터 시작해서 혼자서 책 읽기를 좋아하며 자란 것이 우선 비슷했다.

두 사람의 가치관이 비슷해서인지 우리는 서로에게 참 편한 데이트 상대가 될 수 있었다. 의과대학생들은 일상 대화에도 의학용어가 섞인 말을 많이 하게 된다. 그래서 고등학교 동기들과 만나 이야기할 때 내 말을 잘못 알아듣는 경우가 생기기도 했다. 나도 모르게 그런 말들이 불쑥 나오는 것이었다. 그래서 컴퓨터와 관계되는 사람들을 만날 때는 의도적으로 의학용어를 쓰지 않도록 스스로 조심하곤 했던 기억이 난다. 하지만 그 여학생을 만나면 공통 화제도 많고 서로 사용하는 용어를 잘 이해할 수 있어서 아주 편했다. 가족들 중에 누가 아프기라도 하면 어렵게 설명할 필요 없이 말이 척척 통하곤 했다.

본과 4학년 여름방학 때 경상북도 벽지에 있는 무의촌[9]으로 하계 의료 봉사를 나갔다. 그곳에 가서 우리 두 사람은 더욱더 가까워졌다. 친구들 눈치가 보여서 비록 둘이서 찍은 사진 한 장 남기지 못했지만, 그때부터는 한시도 떨어지지 않고 같이 붙어 다녔다. 우리는 우리도 모르는 사이에 서울대학교 의과대학 안에서 꽤 유명한 캠퍼스 커플이 되었다.

9)무의촌:의사 및 의료 시설이 없는 곳입니다.

아침 일찍 도서관에 가서 자리를 잡은 후, 같이 공부하다가 수업을 듣고 다시 도서관에 돌아와 공부를 했다. 본과 4학년 2학기 때에는 조금 더 여유가 있었다. 의사 국가고시 준비로 시험공부할 시간을 허락해 주기 때문이다. 그러나 그 여학생은 3학년이었으므로 한창 임상[10] 실습에 열중할 때였다. 그 여학생의 실습이 끝날 때까지 나는 도서관에서 공부하며 기다리고 있었다. 내가 힘들게 실습했던 기억들이 떠오르면서 그 여학생 생각에 마음이 안쓰러워지곤 했다. 우리 둘은 밤 열시쯤 각자 집에 돌아갔다가 이튿날 새벽에 다시 도서관에서 만나는 일이 다람쥐 쳇바퀴 돌듯이 계속 되었다.

그리고 4년이 지났다. 내가 석사 과정을 졸업하고 나서 우리는 결혼을 했다.

결혼 생활 초기에는 나의 무감각함 때문에 다툰 적이 많았다. 아니 다투었다기보다는 지적 받았다고 해야 더 옳을 것이다. 무심코 늘 하던 대로 양말을 벗어서 아무데나 던져 놓았더

---

10)임상:환자를 진료하거나 의학을 연구하는 일입니다.

니 바로 화살이 날아들었다.

"아니 양말을 벗어서 그렇게 아무데나 던지면 어떻게 해요?"

그 말을 듣는 순간 기분이 아주 이상야릇해졌다.

"……."

부모님과 살 때는 한 번도 그런 야단을 맞아 본 적이 없는 터였다. 아마 아내는 그런 나를 도저히 이해할 수 없을 것이었다. 그때 아내의 표정이 무척 힘들다는 것을 짐작케 해주었다.

"빨래통에다 갖다 놔야지 그렇게 던져 놓으면 따로 누가 치워야 되잖아요?"

"그럼 양말을 벗어서 빨래통에 넣어주세요, 라고 하면 되지 왜 그렇게 야단치듯이 말을 해요?"

그게 내가 할 수 있는 최선의 대답이었다.

그렇게 처음에는 고쳐야 할 것 투성이였다. 지적 받은 것은 빨리 고치려고 애썼다. 그러나 꼭 야단맞는 기분이 들어 가끔은 떼를 부리기도 했다. 사실 야단맞는 일을 좋아할 사람이 누가 있겠는가?

하지만 우리는 다툴 때에도 끝까지 서로를 존대했다. 처음 그 여학생을 만나 사랑하는 사이가 되었다가 지금의 아내가 된 순간까지 나는 그녀에게 경어를 써왔다. 나는 아내뿐만 아니라 다른 사람에게도 반말하는 것이 힘들었다. 특히 군대 생활에서 가장 힘들었다. 사병들한테도 자꾸 경어가 튀어나오려 해서 애를 먹었다. 그리고 사회생활을 하면서도 이 습관은 쉽게 바뀌지 않았다. 아무리 어린 사람한테도 말을 잘 놓지 못하기 때문에 가르치던 학생들에게도 결국 경어를 쓰고 말았다. 어릴 때 경어를 써서 우리를 키우신 어머니의 영향이 컸던 것 같다.

# 할아버지와 나

나는 할아버지가 나를 생각하는 만큼
내가 할아버지를 생각하지 못했다는
사실이 가슴 아팠고,
만회할 수 있는 기회도
영원히 사라진 것이 슬펐다.

내 마음속엔 언제나 살아 계시는 한 어른이 계신다. 힘이 빠질 때, 나만을 위한 이기적인 마음이 들 때, 그래서 나만의 행복을 좇아가고 싶어질 때, 또 뜻대로 일이 잘 돌아가지 않을 때, 나는 나를 지탱하는 큰 기둥처럼 그 어른을 생각한다. 그리고 샘솟는 큰 힘을 얻어 다시 시작한다. 나를 바른 길로 인도해 주시는 나의 수호신은 할아버지다.

할아버지께서는 함자를 호자(字), 인자(字)로 쓰셨다. 할아버지는 인생의 고비를 여러 번 겪으셔야 했다. 내 기억에 살아 있는 할아버지는 언제나 영광의 시절을 다 보낸 노병의 모습을 하고 계셨다. 그분께서 풍족한 규모의 살림을 꾸리셨다는 것은 전설에나 남아 있는 이야기였다.

할아버지께서는 그 시절에 부산상업고등학교를 나오셨다. 그 학교는 부산의 명문학교 중의 하나다. 그런데도 심하게 내리막길을 걸으신 다음 재기 불능이셔서 그랬던 것일까? 그 시절의 지식인 같은 모습은 별로 느낄 수 없었다. 한때는 빚쟁이들이 집에 몰려와 와글대기도 했다는 이야기를 들으며 할아버지의 마음고생을 이해해 보려고 했던 적도 있다. 그러나 심지어 그때에도 할아버지께서는 아버지 학비를 마련하느라 동분서주하셨다고 한다.

할아버지께서는 어린 내 눈에 비친 모습에서도 무척 내성적이고 차분하신 편이셨다. 법 없이도 사실 분이고 청렴하시기가 그지 없으셨다고도 한다. 내가 보기에도 사업을 하실 분처럼 보이지는 않았다. 사람들은 내가 그런 할아버지와 많이 닮았다고 했다.

내가 봐도 자손들 중에서는 내가 할아버지 성품을 가장 많이 이어받은 것 같았다. 할아버지께서도 그렇게 느끼시는 듯이 보였다. 할아버지께서는 내가 화초 키우는 것을 보시고 나를 많이 칭찬해 주셨다.

"꽃나무를 키우는 일을 좋아하는 사람은 군자의 성품을 지닐 수 있다."

할아버지와 함께 화초에 물을 주면서 할아버지께서 내게 말씀하시던 기억이 아직도 또렷하다.

할아버지께 배운 것 중에 하나는 옥편 찾는 법이 있다. 그전에는 할아버지로부터 지식적인 면에서 전수를 받을 게 있다고 생각한 적이 없었다.

내가 중학교에 갓 입학했을 때였다. 내 책상에 옥편이 있는 걸 보시더니 할아버지께서는 옥편을 어떻게 쓰는지 알고 있느냐고 물으셨다. 국어사전과는 무척 달라서 옥편 찾는 방법을 궁금해 하고 있었다. 할아버지께서는 옥편 찾는 법에 대해 아주 자세히 가르쳐 주셨다. 덕분에 나는 옥편 찾는 법을 다른 아이들보다 한 걸음 더 빨리 알 수 있었다. 그 후에 나는 옥편을 완전히 혼자 쓸 수 있었다.

내가 살면서 할아버지께 물질적으로나 정신적으로 직접적인 큰 도움을 받지는 않았다. 그리고 할아버지께서 얼마나 나를 마음에 두고 계신지도 사실은 잘 모르고 있었다.

그런데 임종을 얼마 남겨놓지 않은 시점에서 가족들을 모두 부르신 할아버지께서는 중대한 발표를 하셨다고 한다. 그때 나는 서울에서 공부를 하고 있어서 그 자리에 없었다. 할아버지는 나이가 많이 드신 후에 거의 재산을 가지지 못하고 사셨다. 아버지가 할아버지께 드리는 용돈이 전부였다. 그러나 그것을 아껴 모은 돈 50만 원을 내 놓으시며 그 돈으로 내 이름으로 된 통장을 하나 마련해 오라고 하셨다고 한다. 그 통장을 보시고 할아버지는 눈을 감으셨다.

전혀 소식을 모르고 있던 나에게 부산 출신 동기생이 할아버지께서 돌아가셨다는 사실을 알려 주었다. 그 친구와 나는 서로 집안끼리 알고 지내는 사이였다. 그 친구가 무슨 일로 자신의 집에 전화를 했더니 내 할아버지께서 돌아가셨다는 소식을 전해주더라는 것이다. 그때까지 나는 아무것도 모르고 있었다.

그 소식을 들은 나는 기숙사 방문을 걸어 잠그고 한참을 울었다. 이제는 할아버지를 뵐 수 없다니. 내 가족과 첫 사별도 아니었는데 그렇게 울었던 적이 없었던 것 같다. 나도 모르게 할아버지와 정이 깊게 들었던 모양이었다.

소식을 전해들은 그때는 삼우제를 하루 앞두고 있었다. 나는 한걸음에 역으로 달려가 밤차에 몸을 실었다. 그 다음 날 수업은 안중에도 없었다. 나는 할아버지가 나를 생각하는 만큼 내가 할아버지를 생각하지 못했다는 사실이 가슴 아팠고, 만회할 수 있는 기회도 영원히 사라진 것이 슬펐다.

할아버지께서 남겨주신 통장은 그 뒤로 두 번의 곡절을 거쳤다. 처음 그 돈을 빼서 쓴 것은 딸아이를 낳을 때였다. 돈이 없어서 그랬던 것은 아니었다. 그 통장을 받아든 나는 귀한 돈을 항상 지니고 있어야 한다고 생각하지 않았다. 언젠가 좋은 때가 오면 유용하게 쓰는 것이 할아버지의 뜻을 살리는 일이 될 거라고 생각했다. 통장에서 남은 돈은 딸아이 앞으로 통장을 만들어 주었다. 할아버지의 정신이 대를 이어 내려가기를 희망하면서.

여전히 할아버지를 그리워하는 마음에는 변함이 없다. 오히려 갈수록 더 사무칠 따름이다.

"지금도 마음속에서 살아 계시는 고 안호인 조부님께."

내가 쓴 어느 책의 헌정사이다.

# 하숙 생활과 컴퓨터

독학으로 컴퓨터를 공부했기 때문에
일정한 수준에 오르기까지는
보통 사람들보다 더 오랜 시간이
걸릴 수밖에 없었다.
컴퓨터 공부를 하면서 얼마나 많은
시행착오를 거쳤는지 모른다.

처음 하숙을 시작했을 때 모든 것이 새로워 보였다. 그전까지의 내 생활이란 모든 것이 어머니께서 마련해주신 것 위주로 되어 있어 편하기 그지없었으나 한편으로는 독립심이 모자라고 의존적이었다. 그러나 하숙을 시작하면서 모든 것을 내 스스로 결정해야 했다. 나는 하숙방에서의 첫날부터 단잠을 잤다. 그것이 순조로운 출발을 알리는 징표였을까. 그 뒤로 나는 모든 일에 빠르게 적응해 나갔다.

그런데 기숙사에 들어갈 때까지 하숙집을 몇 번이나 옮겨야 했다. 하숙집 주인아주머니는 변하지 않은 채 그 아주머니가 이사하는 집을 계속 따라다닌 것이었다. 그 아주머니는 전셋집에서 하숙을 치고 있었다.

처음 머무른 집은 밤만 되면 천장에서 무엇인가 굴러다니는 소리가 들려온다고 아주머니는 말했다. 올라가 보면 아무것도 없는데, 귀신이 곡할 노릇이라는 것이다. 그러나 나는 잠을 자고 있을 때는 집이 무너져도 못 일어나는 성격이었으므로 그 소리를 직접 들은 적은 없다. 아주머니는 갈수록 몸이 말라 갔고 이사를 가기로 결심했다.

이사를 간 집은 우리 하숙생 말고도 다른 부부가 살고 있었다. 그 부부는 거의 매일 싸워댔다. 밤만 되면 소동이 일어났다. 유리창을 때려 부수고 살림이 날아갔다. 우리는 다시 짐을 싸지 않을 수 없었다.

다음에 이사 간 집의 주인은 술을 잘 마시는 아주머니였다. 보통 때는 얌전하고 곱상하게 생긴 그 집주인은 술만 입에 들어갔다 하면 아무하고나 싸웠다. 그래도 하숙집 아주머니와 우리는 참을 수밖에 없었다.

본과에 올라가면서 관악 캠퍼스 앞의 신림동 생활을 끝내고 의과대학이 있는 연건동으로 거주지를 옮겼다. 연건동에서도 뜻하지 않는 일로 세 번이나 하숙집을 옮겨 다녀야 했다.

그런데 마지막으로 옮겨간 집에 대해서는 할 이야기가 하나 있다. 나와 같은 하숙집에 있던 사람으로 고려대학교 의과대학에 다니는 학생이 한 사람 있었다. 그 학생은 인천 출신이었는데 부모님이 대학교 근처에 집을 한 채 마련해 주셔서 하숙집을 떠나게 되었다. 그때 나에게 같이 사는 게 어떠냐고 물었다. 나는 미련 없이 짐을 싸서 따라갔다.

그 집으로 옮겨간 뒤에 그 학생은 그 당시 처음 나왔던 개인용 컴퓨터인 애플 컴퓨터[11]를 자기 방에 들여놓았다.

1982년 가을, 컴퓨터와 나의 첫 만남은 이렇게 이루어지게 되었다.

그 신기한 물건을 앞에 두고 나는 내 일처럼 마음이 설레었다. 중학교 때 잡지에 해외토픽으로 소개된 애플 컴퓨터를 처음 실물로 대하던 순간이었다. 그때만 해도 내가 컴퓨터와 친해질 거라는 것은 상상도 못했다. 고등학교 때에 기술 선생님이 포트란을 가르쳐 주신 적이 있었다. 포트란[12]은 프로그래밍 언어[13]인데, 나는 그게 무엇인지도 모르고 열심히 외워서 시험을 보았다. 그러나 컴퓨터란 직접 눈으로 보기 전에는 전혀 실감할 수 없는 세계였다. 문화적인 충격을 거둘 수 없었던 나는 옆에서 그가 하는 동작을 계속 지켜보곤 했다.

---

11)애플 컴퓨터:1977년 미국에서 스티브 잡스와 스티브 워즈니악이 설립한 컴퓨터 회사에서 출시한 최초의 개인용 컴퓨터입니다. 컴퓨터 시대를 본격적으로 여는 계기가 되었습니다.
12)포트란:프로그래밍 처리 과정을 단축시키고 컴퓨터 프로그램을 보다 쉽게 작성할 수 있도록 한 컴퓨터 프로그래밍 언어입니다.
13)프로그래밍 언어:컴퓨터 프로그램을 만들 때 사용하는 언어입니다.

☆

그로부터 1년이 조금 더 지난 1983년 겨울 방학 때, 크게 마음먹고 컴퓨터를 샀다. 그 당시 디스크 드라이브[14]는 아주 비쌌기 때문에 구입할 엄두를 내지 못했다. 우선 본체와 모니터만을 구입하는 것으로 만족했다.

그리고는 컴퓨터 앞에 앉아 있었다. 내가 상상하는 일을 현실에 직접 이루어 보는 일은 거의 불가능하게 보였는데 컴퓨터에서는 그것이 가능했다. 겨울 방학 내내 나는 매력적인 그 컴퓨터 앞을 잠시도 떠날 수가 없었다.

그때로서는 컴퓨터에 대한 공부를 하려고 해도 우리말로 된 책이나 전문지가 거의 없었던 데다가 원서를 구하기도 힘들었으므로 꽤나 고생을 해야 했다. 그러나 내가 컴퓨터를 선택했고 구매했기 때문에 누구에게 불평할 수도 없었다. 더구나 방학 때여서 고향인 부산에 있다 보니, 지방에서 컴퓨터 책을 구경하는 일은 거의 불가능했다.

---

14)디스크 드라이브:정보를 수집하는 데 쓰이는 주변 기기로 데이터를 판독하거나 기록하는 장치입니다.

그렇게 방학을 이용해 부산에서, 독학으로 컴퓨터를 공부했기 때문에 일정한 수준에 오르기까지는 보통 사람들보다 더 오랜 시간이 걸릴 수밖에 없었다. 컴퓨터 공부를 하면서 얼마나 많은 시행착오를 거쳤는지 모른다.

컴퓨터를 구입하고 1년이 지나서야 디스크 드라이브를 구입할 수 있었다. 바로 그때에 일어난 일이다.

디스크 드라이브를 설치한 다음에 사용설명서를 읽어 보았다. 거기에는 디스켓을 드라이브에 집어넣고 드라이브의 문을 닫은 다음에 컴퓨터를 켜면 자동적으로 부팅(booting)이란 것이 된다고 설명되어 있었다. 그 설명서에 나온 대로 디스켓을 구입해서 디스크 드라이브에 집어넣고 컴퓨터를 켰다. 그러나 디스크 드라이브가 계속 돌기만 하고 아무런 일도 일어나지 않았다. 몇 번을 다시 시도했으나 결과는 마찬가지였다.

그 문제를 혼자 힘으로만 해결할 수가 없어서 서울에 있는 사람들에게 장거리 전화를 걸어서 물어보았다. 그러나 해결책을 찾을 수가 없었다. 그러다가 한 달이 지났다. 그때서야 디

이것은 5.25인치 플로피 디스크입니다. 용량은 360KB 정도였습니다. 컴퓨터가 처음 나왔을 때는 이 디스켓에 부팅 프로그램을 넣어 컴퓨터를 켰습니다. 지금 생각하면 원시적이라고 할 수 있지만 그 당시에는 아주 놀라운 기술이었습니다. 그 후 3.5인치 디스크가 나왔으며, ZIP 드라이브, USB 메모리까지 다양하게 발전했습니다.

스켓은 포맷[15]을 해야 사용할 수 있고 부팅도 된다는 사실을 알게 되었다. 포맷하지 않은 공 디스크를 넣었으니 부팅이 될 리가 없었던 것이다.

　방학 동안에 컴퓨터만 붙잡고 살았던 나는 컴퓨터와 정이 들 대로 들어 버렸다. 그래서 학교로 돌아갈 때 고민에 빠졌다. 나는 컴퓨터를 서울로 가져가고 싶었다. 그러나 의과대학을 다니면서는 도저히 컴퓨터에 정신을 쏟을 여유가 없었다. 고민 끝에 과감히 컴퓨터를 집에 놓아두기로 결정했다. 나에게 주어진 일인 의학공부에 충실한 것이 우선이라고 생각했기

---

15)포맷:데이터를 기억하거나 인쇄하기 위하여 설정하는 일정한 형식입니다.

때문이다.

☆

애플 컴퓨터 시절에는 컴퓨터 언어[16] 공부를 주로 했다. 나는 컴퓨터의 기본은 컴퓨터 언어라고 생각한다. 어려운 것 같지만 전혀 그렇지도 않다. 그 당시의 컴퓨터는 컴퓨터 언어를 모르면 명령을 내릴 수가 없었기 때문이다.

요즘 컴퓨터를 사면 윈도우 사용법을 먼저 공부하는 것처럼, 그때는 컴퓨터를 사면 일단 컴퓨터 언어를 공부하는 것이 일반적이었다. 애플 컴퓨터 본체에는 베이식 언어[17]가 들어 있었다. 그것으로 가계부와 전화번호부를 만들어 보았다.

그러나 얼마 가지 않아 한계에 부딪히게 되었다. 프로그램을 만들 만한 일을 찾지 못했던 것이다. 또 내가 만들 수 있는 프로그램 수준이라는 것도 그저 그랬다.

---

16)컴퓨터 언어:컴퓨터와의 커뮤니케이션에 쓰이는 다양한 종류의 언어들을 일컫는 말로서, 흔히 사용되는 프로그래밍 언어라는 용어의 뜻을 확장한 용어입니다.
17)베이식 언어:목적에 따라 효율성이 향상되도록 언어를 확장하는 경우에 기본이 되는 언어를 말합니다.

☆

    1980년대 중반을 지나자 애플 컴퓨터 시대는 가고 서서히 아이비엠 컴퓨터[18] 시대가 오고 있었다. 나도 컴퓨터 환경을 바꾸지 않을 수 없었다. 그리하여 1986년 2학기 때에 처음으로 아이비엠 개인용 컴퓨터를 구입했다. 석사 과정 때의 일이었다.

    처음 구입한 것은 아이비엠 개인용 컴퓨터 기종 중에서 가장 속도가 느린 XT기종[19]이었다. 그러나 그때의 가격은 흑백 모니터에 하드 디스크[20]가 없었는데도 100만 원이나 했다. 나는 대학원 조교 월급을 석 달 동안 모으고도 돈이 모자라서 난생 처음으로 돈을 빌려 보았다. 의과대학 선배에게 두 달 동안 나누어 갚기로 하고 돈을 빌린 것이었다. 월급을 받기 시작한 후에는 부모님께 돈을 타서 쓰지 말아야 한다고 생각했다. 그래서 그 뒤로는 월급 한도 내에서 이것저것 살림을

---

18)아이비엠 컴퓨터:1981년 미국의 컴퓨터 정보기기 전문 업체인 IBM사(International Business Machines Corporation)가 선보인 컴퓨터입니다.
19)XT기종:내장 하드 드라이브가 표준으로 도입된 최초의 아이비엠 개인용 컴퓨터 모델입니다.
20)하드 디스크:컴퓨터의 보조 기억 장치 중의 하나입니다. 디스켓에 비하여 기억 용량이 크고 데이터를 읽고 쓰는 속도가 빠릅니다.

꾸려 나갔다.

아이비엠 컴퓨터를 산 뒤에는 가장 기초적인 것이라고 할 수 있는 도스(DOS)[21]를 공부하기 시작했다. 그러나 석사 과정 중이라 논문을 써야 했으므로 공부에 많은 시간을 들일 수는 없었다. 그러다가 석사 논문을 무사히 끝낸 다음에 박사 과정에 들어갈 때까지 조금 여유가 생겼다. 홀가분한 마음에 부담 없이 아이비엠 기계어 공부를 할 수 있었다. 1987년 말부터 1988년 초 박사 과정 입학 전까지의 일이었다. 기계어 공부를 한 것은 다른 의학 연구자들과 경쟁해서 앞서나가려면 나름대로 특기가 한 가지 정도 있는 게 좋겠다는 생각 때문이었다. 즉, 전공을 더 잘하기 위한 수단으로서 기계어 공부를 한 것이었다.

아이비엠 기계어 공부가 막 끝난 것이 1988년 초반이었는데, 그 당시에 컴퓨터 바이러스[22]라는 이상한 것이 나돌기 시작했다.

---

21)도스:자기 디스크 장치를 외부 기억 장치로 갖춘 컴퓨터 운영 체제입니다.
22)컴퓨터 바이러스:컴퓨터의 정상적인 동작에 나쁜 영향을 미치거나 저장된 데이터나 프로그램을 파괴하는 프로그램입니다.

그런데 알고 보니 컴퓨터 바이러스는 아이비엠 기계어로 작성된 프로그램이었다. 나는 막 기계어 공부가 끝난 참이라 쉽게 그것을 분석하고 바로 퇴치 프로그램인 백신 프로그램[23]을 만들 수 있었다.

아이비엠 컴퓨터를 구입한 후, 약 1년쯤 공부한 시점에서 백신 프로그램을 만든 것이었다. 아마 컴퓨터를 구입한 후에 기본적인 것부터 접근해 나갔기 때문에 그럴 수 있었는지도 모르겠다. 컴퓨터를 사고 난 후 바로 프로그램을 사용하는 것은 재미도 있고 생산성도 높아 보이면서 화려해 보일지는 모르지만 빠른 걸음은 아니라고 생각한다. 컴퓨터는 기초부터 시작해서 차근차근 공부해 나가는 쪽이 결국에는 더 빨리 나아갈 수 있을 것이다.

잘 기억이 나지는 않지만 1989년에서 1990년 사이에 하드 디스크를 사서 달았다. XT컴퓨터에 10메가바이트[24] 하드 디

---

23)백신 프로그램:컴퓨터 바이러스 프로그램을 찾아내고 손상된 파일을 치료하는 소프트웨어입니다.
24)메가바이트:컴퓨터 데이터의 양을 나타내는 단위입니다. 1메가바이트는 1바이트의 100만 배를 뜻하며 기호는 MB입니다.

스크를 단 것이었다. 지금은 테라바이트 용량의 하드 디스크
도 저렴하게 구매할 수 있지만, 그때 10메가바이트 하드 디스
크는 60만 원이었다. 그 당시 내 월급 두 달치를 모아야 살 수
있는 금액이었다.

그 뒤에 컴퓨터 케이스나 모니터는 그대로 놔둔 채로 주기
판(main board)<sup>25)</sup>만 바꿔서 AT기종<sup>26)</sup>으로 만들었다. 386기종<sup>27)</sup>

25)주기판:컴퓨터가 작동되기 위한 주요 부품을 사용할 수 있도록 제작한 인쇄회로기판(PCB)입
　　니다.
26)AT기종:1984년에 등장한 XT보다 수십 배는 빠른 정보처리 속도의 하드 디스크를 가진 아이
　　비엠 컴퓨터 모델입니다.
27)386기종:1985년에 인텔사에서 32비트용 마이크로 프로세서를 사용하여 제일 먼저 만들었습
　　니다.

으로 바꾸려고 할 때는 마침 부산의 아버지 병원에서 의료보험 수가 계산에 컴퓨터가 필요하게 되었다는 연락을 받았다. 그래서 아버지께 내가 쓰던 AT기종을 중고 물건 값을 쳐서 보내드리고 그 돈을 받아서 386기종을 사는 데에 보탰다.

386기종에서 486기종[28]으로 바꿀 때도 같은 케이스에서 주기판만 바꾸어서 사용했다. 비용 문제도 있었고, 물건을 버리지 않고 그대로 쓸 수 있어서 좋았다. 컴퓨터의 기능을 확장할 때는 쓸 수 있는 것은 그대로 놔둔 채 바꿀 부분만 중고로 팔고, 그 돈을 보태서 새로운 부분을 사면 그렇게 큰돈이 들지 않는다. 그것이 그 당시 파워 유저들의 컴퓨터 업그레이드 방식이었다.

28)486기종:인텔사에서 최고속의 마이크로로 프로세서를 제작하여 성능을 향상시킨 컴퓨터입니다.

# 백신 프로그램의 탄생

사회 구성원의 일원으로서,
혜택을 받은 일부라도
돌려줄 수 있다는 데서
커다란 보람을 느꼈기 때문이다.
보람 자체가 충분한 보답이었다.

1988년 초, 잡지를 통해 브레인 바이러스(Brain virus)[29]라는 것이 한국에 상륙한 것을 알게 되었다. 그 사실을 알게 된 지 얼마 지나지 않아 내 컴퓨터에도 브레인 바이러스가 침범했다. 초대받지 않은 손님의 태도가 더 당당하듯이 그놈은 떡하니 내 디스켓 안에 자리를 잡고 앉아 있었다. 마치 주인이라도 된 것처럼 내 디스켓의 이름을 자신의 이름으로 바꿔 놓았던 것이다. 처음에 그놈을 발견했을 때의 황당함이란…….

시키지도 않은 짓을 한 그놈의 정체를 알아내기 위해 우선 그 속을 살펴 보기로 했다. 기계어를 공부하고 있던 중이었으므로 그 정체를 알아내는 것은 그리 어려운 일이 아니었다.

브레인 바이러스를 내 손으로 분석하여 그 정체를 알고 나니 그것을 물리칠 수도 있겠다는 생각이 들었다. 그리고 나는 잡지사로 전화를 걸었다.

"일전에 컴퓨터 시뮬레이션에 관한 글을 쓴 사람입니다. 요

---

29)브레인 바이러스:1986년 파키스탄에서 등장한 이 악성코드는 컴퓨터 수리 전문가이자 프로그래머인 형제가 자신들이 개발한 소프트웨어가 불법복제되는 것을 본 후, 불법복제 프로그램의 설치 디스켓을 통해 유포시킨 것이었습니다.

즘 떠도는 브레인 바이러스의 분석이 끝났고 그것을 치료할 백신 프로그램을 만들면 잡지에 실릴 수 있을까요?"

잡지사에서 나의 제안을 마다할 리가 없었다. 박사 과정에 다니면서 의과대학 조교로 근무하고 있었을 때라 토요일 오후에 잡지사로 그 '특종'을 가져가기로 약속했다.

사실 잡지사에 전화를 걸었을 때에는 백신 프로그램을 만들기는커녕 브레인 바이러스에 대한 분석도 완전히 끝나지 않은 상태였다. 그럼에도 불구하고 이렇게 행동한 것은 나 스스로를 채찍질하여 일하기 위해서였다. 전화를 끊고 나서 부랴부랴 브레인 바이러스를 다시 분석했다. 퇴근 후에 밤을 새워 분석해서 글을 쓰고 백신 프로그램을 만들었다.

이렇게 탄생한 '백신'은 월간 마이크로소프트웨어지 1988년 7월호에 실리게 되었고, 전국으로 퍼져나가게 되었다.


☆


최초의 백신 프로그램을 잡지에 발표한 뒤에는 다시 본업인 의학 실험으로 돌아갔다. 백신 프로그램을 만든 일은 바이

러스 피해가 컸음에도 불구하고 아무도 나서는 사람이 없어서 했던 일이었을 뿐이다.

어느 날 잡지사 편집장이 전화를 걸어왔다. 나에게 한번 찾아오겠다는 것이다. 독자들의 반응도 궁금하고 세상 돌아가는 이야기도 듣고 싶었던 차에 들르라고 했다. 점심시간 직후에 실험실 문을 열고 들어서는 편집장의 손에는 디스켓 박스가 가득히 들려 있었다.

그 디스켓이 뭐냐고 물어보니, 대답은 하지 않고 딴전을 피웠다. 독자들의 반응이 폭발적이었다는 것이다. 컴퓨터 바이러스가 뭔지도 모르던 사람들이 태반이며, 알더라도 치료는 불가능하다고 생각했는데, 기사를 통해서 치료가 가능하다는 것을 알게 된 수많은 사람들이 혜택을 입었다는 것이었다.

그러나 문제는 그 다음이었다. 새로운 바이러스가 나타났는데 주위에 물어볼 사람도 없고 해결책도 없다보니 잡지사로 디스켓을 소포로 보내는 사람들이 늘어났고, 잡지사에서도 처음에는 디스켓을 쌓아두기만 하다가 결국 나를 찾아온 것이었다.

이야기를 들은 후 많은 고민을 했다. 의대 박사 과정 학생으로서 다른 일을 하기는 벅찬 상황이었다. 그러나 한편으로는 수많은 사람들에게 도움이 될 수 있는 일을 할 수 있는 기회를 놓치고 싶지 않았다. 혜택만 받던 학생의 입장에서 조금이나마 다른 사람들에게 도움이 될 수 있는 일을 하고 싶었다.

문제는 시간이었다. 결국 잠을 줄여서 시간을 내 보기로 했다. 그 다음날부터 새벽 세시에 일어났다. 여섯시까지 열심히 바이러스를 분석해서 백신 프로그램을 만들고, 학교에 가서는 열심히 실험에 몰두하는 생활이 시작되었다.

그리고 고생해서 만든 백신 프로그램을 무료로 보급했다. 사회 구성원의 일원으로서, 혜택을 받은 일부라도 돌려줄 수 있다는 데서 커다란 보람을 느꼈기 때문이다. 보람 자체가 충분한 보답이었다.

이러한 의사 겸 백신 프로그래머[30)]로서의 생활은 그 후로 7년 동안 지속되었다.

---

30)프로그래머:컴퓨터 프로그래밍을 하고 컴퓨터 소프트웨어를 개발하는 사람을 말합니다.

☆

의사 겸 백신 프로그래머로 생활할 때의 일이다.

따르릉, 따르릉.

새벽 두시에 난데없는 전화벨이 울렸다. 너무 피곤해서 그냥 잘까 생각하다가 전화벨이 멈추지 않아서 전화를 받았다. 수화기에서 갑자기 여자의 흐느끼는 목소리가 들렸다.

"고장 났어요…… 고쳐주세요……."

잠이 덜 깬 상태로 머리가 쭈뼛하게 설 만큼 놀라고 말았다. 놀란 가슴을 진정하고 말을 들어 보니, 중요한 작업을 하던 중에 컴퓨터가 바이러스에 감염되어 자료가 모두 사라졌다는 것이다.

항상 잠이 부족한 상황에서 잠자는 도중에 깨어나는 일은 참으로 괴로운 일이다.

그러나 '얼마나 급하면 새벽에 모르는 사람 집으로 전화까지 했을까' 라는 생각을 하며, 꾹 참고 조용히 하나하나 대처 방안을 자세히 이야기해 주었다. 설명을 다 듣더니 잠깐만 기다리라고 하고는 소식이 없었다. 5분쯤 지난 후 다시 목소리가 들려왔다.

"이제 컴퓨터를 켰으니 처음부터 다시 설명해주세요."

결국 전화번호를 몇 번이나 바꿔야 했다.

# 교수 시절

장래에 의사가 된 학생들이
컴퓨터를 이용해서 자신이 하는
일을 더 편리하고 정확하게 할 수
있다면 더 바랄 것이 없었다.

내가 세상에 태어나 가질 수 있었던 유일한 재주는 책을 보고 하는 공부와 관련된 것이었다. 공부해서 이해한 것을 나름대로 요약해서 정리하고, 거기에서 중요한 개념을 뽑아내어 다른 사람들에게 말과 글로 전달하고 이해시키는 일이 그것이다.

의과대학 전임강사로 발령을 받았을 때 나는 내게 주어진 가르칠 기회를 내 나름대로 잘 꾸며갈 계획이었다. 학생들은 모두 장래에 사람들을 치료하는 의사가 될 사람들이었다. 나는 그들이 훌륭한 의사가 되는데 여러 분야에서 도움을 주고 싶었다. 그러나 의과대학 교수에게는 한 학기 수업 시간 동안에 가르쳐야 할 분량이 무척 많았다. 교수가 가르치지 못한 부분이 있으면 학생들이 모를 테고, 그렇게 졸업해서 의사가 되면 안 되기 때문에 어떻게 해서라도 모두 한 번씩은 다루어 주어야 했다.

그래서 처음에는 개념 설명을 하면서 자세히 해나가다가도 시간이 얼마 남지 않았다는 것을 깨달으면 나머지 분량을 읽어주듯이 해서라도 알려주어야 했다. 지금 와서 생각해보면

좀 더 잘 가르칠 수 있었는데, 시간에 쫓긴 것이 후회가 된다.

☆

　나는 너무 젊은 나이에 교수가 됐을 뿐 아니라 학과장까지 맡아야 했다. 신설 의과대학에서는 학년이 새로 늘 때마다 필요한 교수들을 충당해 오기 때문에 설립 첫 해에는 교수가 그리 많지 않다. 내가 강의했던 의과대학은 처음에는 교수가 네 명밖에 없었다. 나는 그 중 한 사람이었다. 네 명의 교수 중 한 분이 의과대학 학장이셨고, 나머지 젊은 교수 세 명 중 두 명이 의학과장과 의예과장을 맡아야 했다. 나는 의예과 학과장이 되었다.

　의예과 학과장은 의예과 학생들의 모든 행사에 참석해야 했다. 그래서 학생들이 엠티 가는 데를 따라 다녀야 했다. 학생들 중에는 나보다 나이 많은 사람도 있었다. 또 내 밑에 있던 조교도 군대에 갔다 온 사람이라 나보다 나이가 많았다.

　한번은 이런 일이 있었다. 내가 있던 대학교에는 연극영화과가 있었다. 그때는 의과대학 건물을 짓고 있는 중이었기 때문에 할 수 없이 다른 단과대학 건물에 세 들어 살아야 했다. 그래서 연극영화과가 있는 건물 4층에 의과대학이 들어가게 됐다.

입학시험 때의 일이었다. 의과대학은 경쟁률이 높아봤자 2, 3대 1밖에 안 되지만 연극영화과는 적어도 50대 1이었다. 그 해에도 정원 50명에 2,500명이 몰려왔다. 그래서 의과대학 교수들도 연극영화과 면접시험에 나서야 할 형편이 되었다.

그들 중에는 실제로 대학로에서 연극을 공연 중인 사람도 있었고 자신의 음반을 가지고 온 사람도 있었다. 내가 연극영화과 교수인 줄 알고 연극이나 영화 이론에 대해 나에게 이야기하는 지원자도 있었다. 내가 전혀 모르는 전문 용어를 사용하며 열변을 토하는 학생 앞에서 나는 아는 채 고개를 끄덕이고 있을 수밖에 없었다.

☆

내가 교수로 있던 학교에서 의학 컴퓨터라는 과목을 만든 적이 있었다. 의과대학으로서는 최초로 의대생을 위한 컴퓨터

강좌를 개설한 것이다.

　나는 뜻한 바가 있었으므로 학생들에게 특이한 방법을 적용해 보았다. 매 수업 시간이 끝날 때마다 그날 배운 것에 대해 시험을 치르게 했다. 초등학교 때 보던 쪽지 시험 같은 방식이었다. 시험 보기 전에 공부할 시간을 주었다. 문제 또한 그 시간에 수업을 잘 들은 사람이라면 모두 풀 수 있는 수준으로 냈다.

　중간고사 때에는 학생들이 내 앞에서 직접 컴퓨터를 다루게 해 보았다. 컴퓨터 시험은 그렇게 치는 수밖에 다른 좋은 방법이 없어 보였다. 학생들이 컴퓨터를 실제로 다룰 수 있는지를 테스트하면서 실력 미달이면 몇 번이고 다시 시험을 보게 했다. 그 과정에서 일곱 번이나 만나야 했던 학생도 있었다. 학생들이 시험을 통해 완전히 다룰 수 있는 것을 보고나서야 시험에서 통과시켜 주었다. 그런 다음에 성적은 후하게 주었다.

　고생을 많이 시키더라도 성적은 잘 주겠다는 것은 내가 처음부터 생각한 의도였다. 실컷 고생해서 완전하게 익혔는데도 성적을 나쁘게 받는다면 공정하지 못한 일이라고 생각했다. 의과대학생들이 실제로 컴퓨터를 쓸 수 있게 해주는 것이 내게는 더 중요한 문제였다.

강의의 내용은 기본적인 컴퓨터 사용법과 의사가 되고 난 후에 쓸 수 있는 프로그램을 가르치는 것으로 이루어져 있었다. 프로그램의 사용법도 중요한 것이지만 그것은 설명서를 보면서도 혼자 깨칠 수 있는 것이었다. 그러므로 나는 여러 가지 프로그램들을 두루 소개하는 것에 주안점을 두었다. 장래에 의사가 된 학생들이 컴퓨터를 이용해서 자신이 하는 일을 더 편리하고 정확하게 할 수 있다면 더 바랄 것이 없었다.

# 군대 시절

내가 어떤 조직에서
쓸모없는 사람이 되었다고
느낀 것은 처음이었다.
그러나 다시 책을 읽기 시작했고,
컴퓨터 일도 계속했다.

그러던 1991년 2월, 미켈란젤로 바이러스(Michelangelo virus)[31]가 전국에 퍼졌다. 내일이면 군대 입소를 해야 했다. 훈련기간 석 달 동안은 백신을 만들지 못하므로, 입소 전까지는 무슨 일이 있더라도 치료할 수 있는 프로그램을 만들어놓고 가야만 했다.

결국 새벽까지 그 일을 하고 부랴부랴 입영 기차를 탔다. 대구에 있는 군의학교에 도착해서 내무반으로 들어갔다. 모두들 전날 가족들과 헤어진 얘기를 하고 있었다. 전날 저녁에 같이 밥 먹었던 이야기, 헤어질 때 이야기들이었다. 그런데 그 말을 듣고 나서 아무리 생각해보아도, 내가 가족들에게 군대 간다고 이야기를 했던 기억이 없었다. 무슨 일이 있더라도 입소 전까지 마쳐야 할 일을 하다 보니, 다른 일들은 까마득하게 잊고 만 것이다.

군의관이 되기 전, 석 달 동안 훈련소 생활을 하게 되었다. 체력은 약했지만 적응력이 뛰어난 편이라 훈련소 생활은 그런

---

31)미켈란젤로 바이러스:1991년에 하드디스크를 손상시킨 바이러스입니다.

대로 견딜 수 있었다. 내 수준에서 가장 힘든 훈련은 유격훈련
이었다. 그러나 그것도 잘 이겨냈다. 50킬로미터를 걸어야 하
는 행군 때에도 견딜 만했다. 어떤 사람들은 멀쩡하다가도 힘
든 훈련 직전이 되면 아프다고 꾀를 부리기도 했다. 행군 때
가지고 갈 짐의 무게도 줄이느라 온갖 방법을 다 동원한다. 예
를 들어서 휴대용 삽을 짊어지고 가야 되는 경우에는 무거운
삽 자체는 빼서 다른 곳에 감추어놓고 삽자루만 짐에 싸는 것
이다. 이렇게 하더라도 겉보기에는 삽을 가지고 가는 것처럼
보이게 된다. 그러나 나는 내 인내력도 시험할 겸 규정을 지켜
서 짐을 싸서 갔는데 그런대로 견딜 만했다.

　훈련소 생활을 마친 뒤에 나는 해군 군의관이 되었고 대위
계급장을 달고 진해로 갔다.

☆

　군대 생활 39개월은 나에게 커다란 공백기가 될 수도 있었
다. 내가 배속된 곳에서는 의학연구를 할 수도 없었으며 컴퓨
터 일을 할 여건도 되지 못했다. 그러나 훈련소보다 나았다. 훈

련소에서는 쉬는 시간에도 책을 읽지 못하게 했기 때문이다.

군대 가기 전까지는 공부나 일을 열심히 하다가 군대 가서는 온종일 할 일이 없어 빈둥거리는 사람들도 있었다. 처음에는 나도 예외가 아니었다. 그러면서 국민이 낸 세금으로 월급을 받자니 민망할 때가 많았다. 내가 어떤 조직에서 쓸모없는 사람이 되었다고 느낀 것은 처음이었다.

그러나 어느 정도 시간이 흐른 후에 나름대로 정신을 차렸다. 다시 책을 읽기 시작했고, 컴퓨터 일도 계속 했다. 내가 군대에 있을 때에도 컴퓨터 바이러스는 어김없이 나타났다. 군대에 있다고 해서 중단할 수 없는 노릇이어서 나는 계속 백신 개정 작업을 했다.

그래서 진해에 있을 때도 컴퓨터 통신을 이용하여 백신 프로그램을 올렸다. 진해에서 내가 살았던 방은 책상 하나가 겨우 들어가고, 남은 자리에 이부자리를 펴면 전혀 여유 공간이 없는 자그마한 방이었다. 그러나 나는 별다른 불편을 느끼지 못한 채 퇴근 후에는 그 방에서 컴퓨터와 관련된 원고를 쓰고 백신도 만들었다.

# 안철수연구소의 설립

다른 사람들에게도
나처럼 사명감만 가지고 대가 없이
일하라고 하기는 힘들 것이며,
바람직하지도 않을 것이다.

**군**대를 제대한 후부터 고민에 빠지기 시작했다. 더 이상 의사로서의 일과 백신 프로그래머로서의 일을 같이 하기 힘든 상황이 되었기 때문이다.

나는 컴퓨터 바이러스에 의한 전국가적인 피해를 최소한으로 줄이기 위해서 열정을 쏟아 백신 프로그램을 만들어 왔다. 또한 우리나라가 빠른 시일 내에 정보화 사회로 발전하는데 조금이라도 보탬이 되었으면 하는 바람에서 백신 프로그램을 무료로 보급해 왔다.

만약 백신 프로그램이 없었다면 컴퓨터 바이러스에 의해서 돈으로 따질 수 없는 귀중한 자료를 모두 잃어버리는 경우도 많았을 것이며, 운이 좋아서 자료를 잃어버리지 않은 경우에도 복구하는데 많은 인력, 시간, 비용이 들었을 것이다. 따라서 나는 백신 프로그램을 만들어서 전국가적으로 매년 수백억에서 수천억 이상의 피해를 줄일 수 있다는 사명감과 보람으로 이 일을 계속해 왔다.

또한 성능은 떨어지면서 값은 비싼 외국산 상업용 백신 프로그램이 수입될 필요가 없는 상황이 되어서, 많은 외화도 절

약되었을 것이다.

그러나 시간이 흐를수록 국내에서도 컴퓨터 바이러스를 만드는 사람들의 숫자가 많아지고 수준도 높아져 갔다. 따라서 컴퓨터 바이러스에 대항하는 일은 더 이상 혼자만의 힘으로는 감당하기에는 벅찬 지경에 이르렀다.

그렇다고 해서 다른 사람들에게도 나처럼 사명감만 가지고 대가 없이 일하라고 하기는 힘들 것이며, 바람직하지도 않다고 생각했다. 앞으로 컴퓨터 바이러스와 싸우는 사람들은 일한 만큼 정당한 보수를 받을 수 있어야 경제적인 문제 없이 책임감을 가지고 열심히 일할 수 있을 것이며, 그래야 인재들도 모일 수 있을 것이라고 생각했다.

함께 일하는 연구원과 업무 이야기를 나누는 모습입니다. 모든 직원을 수평적인 관계로 생각합니다.

나는 이러한 생각을 가지고 컴퓨터 바이러스와 싸울 수 있는 연구소 형태의 조직체를 구상했다. 그리고 연구소는 정부나 대기업에서 출자를 받아서 비영리 법인[32] 형태로 운영하는 것이 가장 바람직할 것이라고 생각했다. 이러한 연구소가 설립된다면 내가 지금까지 해왔던 것처럼 계속 백신 프로그램을 공익적으로 보급할 수 있으면서 연구소의 구성원들도 일한 노력에 대한 정당한 대가를 받을 수 있기 때문이다.

그러나 내가 개발한 프로그램의 소스와 자료 일체를 무상으로 기부하겠다고 했음에도 불구하고, 정부기관에 부탁한 이후에는 오랫동안 소식이 없었고, 몇몇 대기업과의 오랜 교섭도 계속 실패로 돌아갔다. 연구소 설립의 취지는 아주 훌륭하지만 여러 기업들이 최근에 적자폭이 커져서 맡을 수 없다고도 하고 영리상의 이유로 거절하기도 했다. 그러다가 어느덧 반년이 훌쩍 지나가 버렸다.

그러던 어느 날 전화가 왔다.

---

32)비영리 법인:재산의 이익을 바라지 않고 공익을 목적으로 사업을 하는 것입니다.

"안철수 씨죠?"

"네. 제가 안철수입니다."

"저희와 같이 한번 해보시죠."

굵은 빛 한 줄기가 집 안으로 들어오는 느낌이었다.

"고맙습니다."

마침내 한 소프트웨어 회사가, 일반인에게는 백신 프로그램을 무료보급하는 대신에 기업이나 관공서와 같은 단체에는 노력한 만큼의 정당한 대가를 받아서 기업을 운영하자는 뜻에 동의를 한 것이다.

비영리 법인에 비하면 차선책이기는 했지만, 중요한 일을 이어갈 수 있는 길이 열린 셈이었다. 뜻이 있는 곳에 길이 열린 것이다.

# 나누는 삶

사람이 '중요하고',
생각이 '중요하고',
사회에서 부여하는' 것이 아닌,
자신만의 성공의 기준을
가져야 한다고 가르친다.

1997년, 회사 창립 2년째. 직원들 월급 줄 돈이 부족했다. 회사 재정 상태는 적자였다. 이윤을 내야만 하는 기업은 잘 가르치면 되는 학교와 달랐다. 나를 믿고 열심히 일한 직원들을 위해서라도 한 달 한 달 월급을 줘야 하는데, 매달 월급을 맞춘다는 게 결코 쉬운 일이 아니었다. 오죽하면 그 당시 소원이 '석 달치 월급 줄 돈이 있어서 단 한 달만이라도 월초에 월급 걱정하지 않고 살 수 있었으면' 이었을까?

그러던 어느 날, 그 당시 세계에서 가장 큰 백신 소프트웨어 회사로부터 만나고 싶다는 연락이 왔다. 나는 비행기를 타고 미국 실리콘밸리 본사로 갔다. 처음 현관에 들어서는 순간부터 그 규모에 압도되었다. 회사 회의실에 도착하니, 그 당시 실리콘밸리에서 영향력 10위 내에 손꼽히던 회장이 직접 나왔다. 그리고 회사에 대한 설명을 부하직원을 시키지 않고 본인이 직접 하는 것도 인상 깊었다.

설명이 끝난 직후, 회장은 의자를 가지고 와서 바로 내 앞에 무릎이 닿을 정도로 앉더니 이야기를 시작했다.

"얼마면 회사를 팔겠소? 1,000만 불이면 되겠소?"

노트북으로 회사 업무를 확인하고 있는 모습입니다. 조직에 영혼을 불어넣는 경영 철학을 가지고 일합니다.

순간 10년 가까이 백신 개발에 매달려 살았던 그동안의 일들이 주마등처럼 스쳐 지나갔다. 밤을 새워가며 일하는 직원들이 떠올랐다. 그리고 늦은 밤 전화를 걸어 백신 덕분에 컴퓨터를 쓸 수 있었다며 고마워하던 사람들의 목소리가 귀에 들리는 것도 같았다.

"NO!"

의외의 답변에 놀란 회장은 내 말에 당황했던지 자신들 기업이 얼마나 대단한지를 몇 번씩 설명했다. 하지만 내 생각은 변하지 않았다.

당장 돈이 필요한 건 사실이었다. 하지만 실리콘밸리 회사가 원했던 것은 자기들이 한국으로 진출하는데 V3가 걸림돌이 되니까 V3를 없애고 자기 제품을 팔려는 계획이었다. 그당시 한국은 IMF[33] 환란 직전의 어려운 시기였다. 그들의 생각대로 V3를 판다면 내가 받을 수 있는 건 돈밖에 없었고, 남는 건 직원들의 해고와 V3의 폐기뿐이었다.

---

33)IMF:국제통화기금으로 각 나라가 외환위기를 겪지 않도록 안정시켜 주는 일을 합니다.

그러나 그렇게 큰 제안을 거절하고 한국에 돌아온 다음에도, 여전히 직원들 월급 걱정으로 매일 매일을 보내야 했다.

☆

1999년 4월 26일, 우리나라에 수천억 원의 피해를 입힌 CIH 바이러스 사건[34]이 터졌다. 전 직원이 며칠 동안 잠도 자지 못하고 수습해야 했을 정도로 피해가 컸지만, 이 업적이 국가의 재난과 개인의 재난을 구재하는 기업으로 거듭나는 계기가 되었다.

모든 것이 안철수연구소에서 묵묵히 일해 준 직원들의 공이었다. 그리고 그러한 노력들이 인정을 받아서 우리나라에서 가장 큰 소프트웨어 회사로 성장했으며, 벤처 기업이 받을 수 있는 최고 영예인 동탑산업훈장을 받게 되었다. 그리고 창사만 9년 만에 우리나라에서 존경받는 기업 10위 안에 이름을 올리게 되었다. 창업한 지 수십 년이 지나고 매출이 수십조 원

---

34)CIH 바이러스 사건:1999년 4월 26일 전국의 수많은 컴퓨터 시스템이 부팅되지 않는 일이 발생한 사건입니다. 컴퓨터 역사상 최대 바이러스 피해 기록으로 남아 있습니다.

에 달하는 초대기업들 사이에서, 창업 10년이 되지 않고 매출도 1/1,000 정도에 불과한 회사가 어깨를 나란히 하게 된 것이다.

☆

회사를 만든 지 만 10년이 되던 2005년 3월.

빠르게 달리던 나는 잠시 스스로를 돌이켜 봤다. 너무 빨리, 너무 많이 왔던 것일까. 나는 스스로에게 무엇이 하고 싶은지 물었다. 의대 교수를 그만두고 벤처기업을 창업했듯이 지금 하고 싶은 게 뭔가 고민에 고민을 거듭했다. 다른 사람들이 나의 고민에 대해 어떻게 생각할지 떠올려 보니 머리가 더 복잡했다. 하지만 나는 내가 더 의미를 느낄 수 있고, 더 재미있게 일할 수 있고, 더 잘할 수 있는 일이라면, 그것에 매달려 볼 가치가 있다고 생각했다.

물론 한 회사를 잘 경영하는 것도 가치 있는 일이다. 그런데 산업 전반적으로 기업가정신을 불어넣고 성공확률을 높이는 데 조금이라도 기여할 수 있다면, 그것이 더 의미가 크고 재미

있게 할 수 있으며, 해볼 만한 일이라는 데 생각이 미쳤다.

　1년을 심사숙고한 끝에, 스스로 CEO를 사임하고 전문경영
인에게 CEO를 물려준 후, 유학길에 올랐다.

　그리고 2008년 5월, 미국 와튼스쿨(Wharton School)에서 경
영학석사(MBA)를 받고 돌아와 카이스트(KAIST) 기술경영전문
대학원의 석좌교수가 되었다.

2005년, 진정 하고 싶은 게 무엇인지 고민 끝에 안철수연구소 CEO를 사임하고 미국으
로 유학을 갔습니다.

강의실에서 나는 사회적인 구조의 문제로 도전정신을 잃어가는 젊은이들에게 기업가정신을 일깨우고, 21세기의 리더십에서 중요한 것은 위에서 아래로 명령을 내리는 것이 아니라 수평적 관계에서도 인정받을 수 있는 리더가 되어야 한다고 가르친다. 사람이 중요하고, 생각이 중요하고, 사회에서 부여하는 것이 아닌 자신만의 성공의 기준을 가져야 한다고 가르친다.

내가 앞으로 다시 어떤 일을 하게 될지 나도 알 수 없다. 의사를 그만둘 때 깨달았던 점은, 나에게는 장기적인 계획이 덧없다는 것이었다. 평생을 아버지처럼 의사로 살 줄 알았는데, 최선을 다해서 살다 보니 오히려 의사를 그만둬야 하는 상황에 처한 것이다. CEO를 그만둘 때도 마찬가지였다. 더 의미가 크고, 더 재미있고 보람 있게 일할 수 있고, 더 잘할 수 있는 일을 선택하다 보니 여기까지 오게 되었다.

그러나 한 가지 변치 않을 것은, 어떤 일을 하고 있든 간에 매 순간 의미 있고, 보람 있고, 잘하는 일을 하고 있을 것이라는 점이다.

## : : 안철수 연보

### 학 력

| | |
|---|---|
| 1986. 2. | 서울대학교 의과대학 졸업 |
| 1991. 2. | 서울대학교 대학원 의학박사 |
| 1997. 5. | 펜실베이니아대학교 공대 공학석사 |
| 2008. 5. | 펜실베이니아대학교 와튼스쿨 경영학석사 |

### 경 력

| | |
|---|---|
| 1986. 3.~1989. 9. | 서울대학교 의과대학 조교 |
| 1989. 9.~1991. 2. | 단국대학교 의과대학 전임강사 및 의예과 학과장 |
| 1990. 1.~1990. 2. | 일본 규슈대학 의학부 방문연구원 |
| 1991. 2.~1994. 4. | 해군 군의관 (대위) |
| 1995. 2.~2005. 3. | 안철수연구소 대표이사 |
| 2005. 2.~현재 | POSCO 사외이사 |
| 2005. 3.~현재 | 안철수연구소 CLO 및 이사회 의장 |
| 2008. 5.~현재 | KAIST 기술경영전문대학원 정문술석좌교수 |

그 외 한국정보보호산업협회 회장, 벤처기업협회 부회장,
아시아안티바이러스협회 부회장 등 역임

## 수 상

| | |
|---|---|
| 1990.12. | '올해의 인물상' (한국컴퓨터기자클럽) |
| 1996.12. | '자랑스런 신한국인상' (청와대) |
| 2000. 3. | '제4회 한국공학기술상 젊은 공학인상' (한국공학한림원) |
| 2001.11. | '자랑스러운 서울대인상' (서울대학교동창회) |
| 2002.10. | 동탑산업훈장 |
| 2003. 2. | '제1회 한국윤리경영대상 투명경영 부문 대상' (신산업경영원) |

그 외 미 주간지 Business Week 선정 '아시아의 스타 25인'
등 다수

글 쓴 이 · · ·

안 철 수는 서울대학교 의과대학 본과에 재학 중이
던 1982년, 친구가 가지고 있던 애플 컴퓨터를 구경
하면서 처음으로 컴퓨터와 접하게 되었습니다. 어린
시절부터 물건을 분해하고 조립하여 만드는 것을 좋
아한 그는 컴퓨터에 쉽게 익숙해졌습니다.

대학원에서 생리학 실험에 쓰이는 기계를 컴퓨터와
연계시켜보겠다는 생각으로 컴퓨터 언어인 기계어를
공부하기 시작했습니다. 1988년, 우연히 플로피 디스
켓을 통해 자신의 컴퓨터에 감염된 컴퓨터 바이러스
의 존재를 알게 되었습니다. 그 후 바이러스를 치료할
수 있는 프로그램 '백신'을 개발해 '컴퓨터 의사'로
서의 첫발을 내디뎠습니다. 그리고 이 프로그램들을
모든 사용자에게 공개해 자유롭게 사용하도록 했습니다.

자신이 걸어가야 할 길에 대해 고민 끝에 결국 의사를 포기하고, 보안 소프트웨어 개발
전문 벤처기업인 안철수연구소를 설립했습니다. 회사 설립 10주년이 되는 2005년, 그는
CEO에서 물러나고 이사회 의장으로 활동하고 있습니다. 또한 한국과학기술원(KAIST)
기술경영전문대학원 석좌교수로 있습니다.

동탑산업훈장, '자랑스런 신한국인상', '젊은 공학인상', 윤리경영대상 등을 수상하였
고, 세계경제포럼이 뽑은 '차세대 아시아의 리더 한국 대표 18인'에 선정되었습니다.

저서로 『CEO 안철수, 지금 우리에게 필요한 것은』, 『CEO 안철수, 영혼이 있는 승부』 등
이 있습니다.

그 린 이 · · ·

원 성 현은 계원예술고등학교에서 미술과를 졸업한 후, 중앙대학교에서 한국화를 전공
했습니다. 인물이나 동물의 세밀화로 생동감 있는 표현이 뛰어납니다. MB일러스트 기획
5인 초대전 및 개인 기획전에 초대되었습니다. 주요 작품으로는 『외눈나래새』, 『토종 민물
고기 이야기』, 『바다의 용 거북선』, 『옹달샘』, 『돌돌돌 바퀴』, 『광개토대왕』, 『어린이 난중일
기』 등이 있습니다.

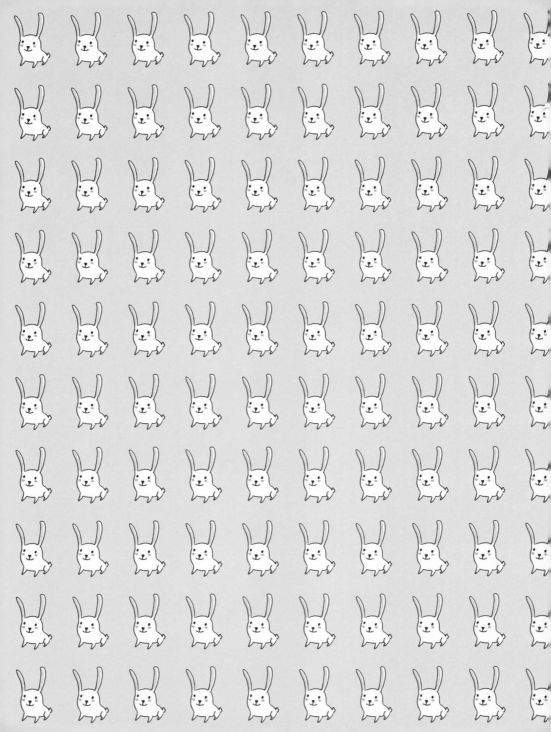